KB074341

吃飯難

흘반난, 밥 먹기 어렵다

긴 인생길 위에

꽃잎으로
봄비로
서늘한 바람으로
내려앉는

옛 시문詩文의
향香

山　靑　江　水　流

산은 푸르고 강물은 흘러가네

세상사 밥 먹는 것보다
더 어려운 게 있을까

이 책은 원래 검찰을 떠나면서 짐을 챙기던 중 혹 인간의 삶을 이해하는데 도움이 될까 하여 책상 위에서 나뒹굴던 시詩·문文을 한데 모아 퇴임식에 참석한 후배들에게 나누어 준 것이었는데, 어떻게 이것을 알고 달라는사람들이 있어 부득이 인쇄를 하게 되었고, 그 기회에 사람을 추가하고 내용을 다듬었다.

이 책에 실린 시문은 대부분 필자가 역사의 굽이굽이에 살다 간 사람들의 행적을 들여다보다가 그들이 부딪힌 상황에서 선택하고 포기하면서내뱉은 소회 등을 모은 것이고, 경전 역시 그 고갱이와 상관없이 필자가평소에 좋아하던 구절을 뽑은 것으로서, 시대 또는 각 개인의 대표작 여부와는 직접 관련은 없으며, 오히려 글에 밝지 못한 한 개인이 그냥 좋아하는 것을 모은 사화집 같은 것이다.

우리말 번역과 내용에 대한 해설, 그리고 지은이에 대한 소개는 모두필자의 능력을 고려하여 사계의 권위자의 그것을 차용하려 하였는데, 시간이 부족하고 또 제대로 찾기도 어려워 상당 부분을 필자가 임의로 채워넣었다. 그러다 보니 제대로 된 해설이나 소개가 되지 못하고 억측이나 편견, 또는 무지만 드러낸 것이 아닌지 두려움이 앞선다. 굳이 핑계를 대자면 원본이 성현의 말씀이나 시詩이고, 그것도 한문으로 되어 있어 번역이나 해설 자체에 한계가 있을 뿐만 아니라 번역 등은 원래의 뜻을 이해하기위한 보충적이고 부차적인 수단이고, 느낌은 사람에 따라 다를 수 있다는 것을 변명으로 덧붙이고 싶다.

읽는 분들의 해량海諒을 바라며 눈 밝은 분들은 시문만 보셨으면 한다.

그리고 사람에 대한 소개는 누구를 막론하고 그 사람의 삶을 최대한 긍정적이고 현실적이며, 그리고 인간적으로 이해하려고 했다. 누구나 막중한 소명을 가지고 지구에 온 존재로서 그 당시의 상황에서는 필요한 사람으로 이해하려 했다는 점을 말씀드리고 싶다.

제목이 있어야 할 것 같아 '吃飯難흘반난, 밥 먹기 어렵다'로 정했다. 세상사 밥 먹는 것보다 더 어려운 게 있을까. 이 책에 실린 사람들의 이야기 또한 궁극적으로 밥 먹는 것과 관련된 것이다. 공자의 '음식남녀대욕존飮食男女大欲存'이라는 말씀이 절감되는 시절이다.

앞서간 사람들의 행적을 엿보다 보니 옛사람의 말처럼 '자연은 예나 지금이나 조금도 다름이 없건만 인간의 정회는 참으로 제각각이로구나風月無古今 情懷自淺深'라는 느낌에서 벗어나기 어렵다.

이 책이 다른 사람을 배려하고 이해하는 데 조금이라도 도움이 되기를, 그래서 온 누리에 자비와 평화가 가득하길 기대해 본다.

낙동강 칠 백 리에 물새가 운다.

2016·신독재愼獨齋에서
김진태 삼가 쓰다

__ 일러두기

1 저자, 제목, 원문, 풀이 순서로 배열하였습니다. 경전과 저자가 분명하지 않은
   시문은 ●으로 표시해 두었습니다.

2 본문에서 언급된 시문은 ❖로 표시하고, 원문 풀이는 바로 전면에 실었습니다.

1장
흘반난, 밥 먹기 어렵다

2장
차면 줄어들고 비면 차오르고

1

흘반난, 밥 먹기 어렵다

吉再길재
述志술지

臨溪茅屋獨閑居
月白風淸興有餘
外客不來山鳥語
移床竹塢臥看書

시내 옆 초가집에 홀로 한가로이 살아도
달 밝고 바람 맑아 흥취가 넘치네.
속세 사람 오지 않고 산새만 지저귈 때
대숲으로 평상 옮겨 누워서 책을 본다.

고려 삼은三隱 가운데 한 사람인 야은冶隱 길재는 처음 도리사桃李寺에서 글을 배웠고, 이색·정몽주 등의 문하에서 학문적 깊이를 더했으며, 이방원 李芳遠과 한마을에 살면서 우의가 두터웠다. 그는 생원시, 사마감시 등에 합격하여 성균학정, 문하주사 등이 되었으나 1390년 이성계 등이 새로운 왕조를 세울 움직임을 보이자 늙은 어머니를 모셔야 한다는 평계로 벼슬에서 물러나고자 했다.

그때 그는 스승인 목은 이색에게 진퇴의 의리를 물었다. 목은이 대답하기를 "지금 시대에는 제각기 제 뜻대로 행할 뿐이다當今各行其志. 우리 대신들은 국가와 고락을 함께해야 하므로 떠날 수 없지만 너는 떠날 수 있다我輩大臣與國同休戚 不可去 爾則可去也"라고 했다. 이에 야은은 작별을 고하고 향리로 내려갔다.

조선이 들어서자 이방원이 불러 벼슬을 내렸으나 두 임금을 섬길 수 없다는 뜻을 펴니 임금이 절의를 갸륵하게 여겨 예를 다해 보내 주고 세금 등을 면제해 주었다. 세종 원년에 세종이 그의 아들 사순師舜을 부르자 "내가 고려에 향하는 마음을 본받아 너는 네 임금을 섬기라"라고 당부했다고 하며 그해 5월에 죽었다.

그는 김종직金宗直의 아버지 김숙자金叔滋에게 성리학을 가르쳤고 그 학통은 김종직, 김굉필金宏弼, 조광조 등으로 이어졌다.

이 시는 야은이 과거 합격 이전인 16세 때 지은 것이라고 한다. 그런데 시의 내용은 마치 인생의 혼란기를 한 차례 거친 뒤의 느낌을 읊은 것처럼 보인다. 그가 왕조 교체기의 풍파를 미리 예상하고 일찍이 스스로의 마음을 다잡은 것이 아닌가 싶다. 실제로 그는 이런 길을 걸었다. 범인凡人은 따르기가 쉽지 않다.

奇大升 기대승

偶題 우제

庭前小草挾風薰
殘夢初醒午酒醺
深院落花春晝永
隔簾蜂蝶晩紛紛

뜰 앞의 잔풀들은 바람길에 향기롭고
어렴풋 꿈이 깨어 낮술에 취하노라.
고요한 집에 꽃은 지고 봄낮은 길어
발 밖에는 벌과 나비 어지러이 날으네.

고봉高峯 기대승은 식년 문과에 급제하여 승문원 부정자, 이조정랑, 대사성 등을 지낸 조선 선조 때의 성리학자이다. 호남인이지만 퇴계의 문인이 되었고, 퇴계와 그 유명한 사단칠정논쟁을 벌여 그 체계를 이루었으며, 정몽주에서 김종직을 거쳐 조광조로 이어지는 학통을 계승했다. 기묘사화로 죽은 조광조에 대한 추증을 건의하는 등 절의가 있었다.

그는 조광조의 지치주의至治主義 이념에 의한 왕도 정치를 주장했으며 이를 위해서는 현자賢者가 필요한데, 이는 임금이 현자를 지성으로 신임해야 가능하다며 신하의 임금에 대한 예는 물론 임금의 신하에 대한 예도 또한 요구했다.

정조는 "고봉은 호남 인사 중 가장 걸출한 사람이다. 학문의 높은 조예高詣, 문장의 탁월함超邁 및 절의의 정대正大함은 가히 삼절三絶이라 할 만하다. 퇴계가 많은 부분에서 자기의 의견을 굽히고 그의 견해를 따르면서 '홀로 환하고 광대한 근원을 본 사람獨觀昭曠之源'이라고 칭찬했다"고 했다(『일득록日得錄』). 허균은 시문집 『성소부부고惺所覆瓿藁』에서 "고봉은 호남의 인사 중 걸출한 사람이다. 공이 일찍이 '호남 선비들의 풍속과 기습이 점차 해이해지고 있어 만약 수십 년이 지나고 나면 과거에 합격하는 자가 많이 나오지 않을 것이다湖南士子 風聲氣習 漸至陵夷 若過數十年 則幷與科第 而不多出矣'라고 하였는데 이에 이르러 공의 말이 증명된 것이다. 공은 이미 그 기미를 예견했던가 보다"라고 말하고 있어 고봉의 학문의 깊이와 예지력을 엿볼 수 있다.

이 시는 어느 봄날의 정경을 노래한 것이다.

봄볕이 따뜻한데 시원한 바람이 불어오니 잔풀마저 향기롭다. 낮술을 한잔했더니 더욱 나른하고 졸음에 겹다. 벌, 나비 등 봄의 전령사들이 모두 나서서 봄의 아름다움을 꾸미고 있다. 우연으로 가득 찬 이 세상을 우연히 보니 참으로 아름답고 한가하다. 그러나 우연히 썼다 했지만 어찌 우연히 쓴 것이겠나? 이 세상에 어느 하나라도 우연이 있다면 얼마나 좋을까. 그게 바로 절대자유일 것이다.

李穡 이색

浮碧樓 부벽루

昨過永明寺
暫登浮碧樓
城空月一片
石老雲千秋
麟馬去不返
天孫何處遊
長嘯倚風磴
山青江水流

어제 영명사를 지나다가
잠깐 부벽루에 올랐네.
성은 빈 채 달 한 조각 떠 있고
돌은 오래되고 구름은 천 년을 흐르네.
기린마는 가서 돌아오지 않는데
천손은 어느 곳에서 노니는고.
길게 휘파람 불고 돌계단에 기대니
산은 푸르고 강물은 흘러가네.

이색은 고려 말기의 문신이자 학자로 자는 영숙潁叔, 호는 목은牧隱이다.

목은은 일찍이 원나라에 가 성리학을 연구하였으며, 전시 등에 우수한 성적으로 합격하여 여러 벼슬을 지냈다. 귀국 후 공민왕이 즉위하자 전제, 국방, 불교 등 당면 현안에 대하여 개혁을 건의하였으며 좌승선, 대제학, 대사성, 정당문학, 판삼사사 등 요직에 차례로 중용되었다. 친명 정책을 지지했으나 조민수 등과 함께 창왕을 옹립하면서 이성계 일파와 대립했고 그들이 세력을 잡자 장단 등으로 유배되었다.

조선 태조 4년(1395)에 한산백韓山伯에 봉해지고 출사 종용이 있었으나 끝까지 고사하였으며 이듬해 세상을 떠났다. 그의 문하에서 고려 왕조에 충절을 지킨 명사와 조선 왕조 창업에 기여한 사대부들이 두루 배출되었는데, 정몽주, 길재, 이숭인 등이 전자이고 정도전, 하륜, 권근 등이 후자이다. 정몽주, 길재, 김종직, 조광조 등으로 이어지는 조선 성리학의 주류가 그로부터 나왔다.

이 시는 목은이 23세에 원나라에서 돌아오던 도중 평양 부벽루에 올라 역사와 인간의 무상함을 읊은 시로, 고려시대 오언율시로는 최고로 꼽는 사람들이 많다.

영명사 부벽루를 둘러보는데 번성하던 성은 텅 빈 채 한 조각 달만 떠 있다. 풍상에 시달린 바위는 오래되어 금이 갔는데 구름은 천 년이 지나도 변함이 없다. 주몽이 타고 놀던 기린마는 하늘로 떠난 뒤 돌아오지 않고 주몽 역시 어디서 노니는지 알 길이 없다. 참으로 무상함을 주체하기 어려워 길게 휘파람 불며 돌계단에 기대어 보니, 산과 강물은 내 마음은 아랑곳하지 않고 마냥 푸르고 하염없이 흘러간다.

做天難 ˙ 주천난

做天難做四月天
蠶要溫和麥要寒
出門望晴農望雨
採桑娘子望陰天

하늘 노릇 하기 어렵다지만 4월 하늘만 하랴?
양잠은 따뜻해야 하고 보리는 추워야 하고
나그네는 맑기를 바라고 농부는 비를 원하는데
뽕잎 따는 처녀는 구름 끼길 바라네.

사바세계 중생들의 실존적인 상황과 본래적인 욕망을 농경시대 음력 4월의 경우를 빌려 담백하면서도 간명하게 설명하고 있다.

중국의 저명한 불교학자 남회근南懷瑾의 글이라고 하는 사람도 있다. 그의 책에서 이 시를 보긴 했지만 그가 지은 것 같지는 않다.

집(고치)을 짓기 위해 잠을 자야 하는 누에에겐 따뜻해야 하고, 햇볕에 타버릴 것 같은 보리에겐 추워야 하고, 길이 풀려 안부라도 전하러 가야 하는 나그네에겐 맑아야 하고, 모내기를 위해서는 비가 와야 하고, 뽕잎을 따야 하는 처녀에겐 얼굴이 타지 않기 위해 구름이 끼어야 하니…….

전지전능한 하느님도 어떻게 하기 어려울 정도로 사바세계가 분망스럽다.

자신의 이기적인 욕망을 내려놓고 삼계일심三界一心 또는 물아일여物我一如가 될 수 있다면 누에에게는 따뜻함이, 보리에게는 추위가, 나그네에게는 맑음이, 농부에게는 비가, 뽕잎 따는 처녀에게는 그늘이 베풀어질 수 있을 것이다.

참고로 '채상낭자採桑娘子'를 '채차낭자採茶娘子'로 바꾸면 더 정겨운 모습이 되지 않을까.

金時習 김시습

乍晴乍雨 사청사우

乍晴乍雨雨還晴
天道猶然況世情
譽我便應還毀我
逃名却自爲求名
花開花謝春何管
雲去雲來山不爭
寄語世上須記憶
取歡無處得平生

잠깐 갰다, 잠깐 비 오고 다시 개니
천도도 오히려 그러하거늘 하물며 세상의 정이야.
나를 칭찬하는가 했더니 곧 다시 나를 비방하고
이름을 피하는가 하면 도리어 이름을 구하네.
꽃이 피고 꽃이 진들 봄이 무슨 상관이며
구름 가고 구름 옴을 산은 다투지 않는다.
세상에 말하노니 모름지기 기억하라.
어디서나 즐거함은 평생 득이 되느니라.

김시습은 조선 전기의 학자로 자는 열경悅卿, 호는 매월당梅月堂이다. 5세에 이미 시를 짓는 등 신동으로 알려졌으나, 과거공부를 하던 중 수양대군이 단종을 몰아내고 왕이 되었다는 소식을 듣고 그길로 삭발하고 승려(설잠 스님)가 되어 천하를 주유했다. 그러나 이미 유학의 깊은 물에 몸이 흥건히 적셔진 상태에서 이해한 불교의 화엄과 선은 사변에 치우칠 수밖에 없었고, 유·불·도 등 삼학에 정통했다고 하지만 불교의 깨달음의 체현에는 한계가 있었다. 그러다 보니 일체개공一切皆空(모든 현상은 실체가 없이 공空하다)은 이해했지만 진공묘유眞空妙有(절대 진리의 발현)가 두려웠던 것인지, 아니면 숙세의 업연이 너무 깊었던 것인지 현실과 이상 사이에서 어느 곳에도 안주하지 못한 채 만행의 길을 걸었다.

잘못된 현실에 대해 타고난 비판 의식이 있었지만 선악이나 시비는 늘 함께함을 이해했기에 스스로 나서지도, 남으로 하여금 나서게 하지도 않은 채 방황과 번민, 풍자와 일탈이 그의 삶이 되었다. 그러니 성리학자인 퇴계가 그를 '색은행괴索隱行怪(은밀한 것을 찾고 괴상한 일을 행하다)'하다 하고, 율곡이 '심유적불心儒迹佛(마음은 유학자이되 겉으로는 불교도를 이르는 말)'하다 말한 것이 어찌 조소일 수만 있겠는가. 어디에도 마음을 놓지 못한 그가 부여 무량사에 자신의 해골을 누인 심사가 궁금하다. 그러나 불교가 철저히 배척되어 불교 관련 저술이 없던 시기에 유학자 못지않은 용어로 구사한 불교 관련 글들은 그 자체만으로도 그의 존재를 충분히 알려 준다.

이 시는 비가 오다 개고, 또 오는 자연 현상을 빌려 인정세태의 무상함을 풍자하고 있다. 인정과는 무관한 자연 현상도 이렇게 변화무쌍한데 이해관계로 변덕이 죽 끓듯 하는 인간 세상이야 말해서 무엇하겠는가. 칭찬했다가 비난하고, 명리를 피한다면서 바로 명리를 구하고……. 그러나 봄은 꽃이 피고 지는 것을 상관하지 않고 산은 구름이 오고 가는 것을 다투지 않는다. 어디에선들 자족하면 그것이 바로 평생에 얻는 바가 되지 않겠는가. 참으로 가슴이 서늘해지는 시이다. 이것은 사실 매월당 자신에게 보내는 시일 것이다. 이렇게 그는 자신을 달래며 삶을 엮어 갔을 것이다.

꽃이 피고 꽃이 진들 봄이 무슨 상관이며
구름 가고 구름 옴을 산은 다투지 않는다.

花開花謝春何管
雲去雲來山不爭

李恒福 이항복
三物吟 삼물음

廚鼠數驚社鼠疑
安身未若官倉嬉
志須滿腹更無事
地塌天傾身始危

측간 쥐는 자주 놀라고 사당 쥐는 의심이 많아
안전하긴 관창에서 즐겁게 노는 것만 못하네.
마음은 배불리 먹고 또 무사하길 바라지만
땅 꺼지고 하늘 기울면 제 몸도 위태롭기 시작하네.

백사白沙 이항복은 조선 선조대에 출사하여 임진왜란 때 두드러지게 활약했다. 임진왜란이 일어나자 선조를 호종하여 의주로 갔으며, 병조판서로서 전란을 지휘하는 데 앞장섰다. 특히 조선이 왜와 합세하여 명나라를 치려 한다는 오해가 발생하자 목숨을 걸고 명나라로 가 이를 해결하였으며, 벼슬도 영의정에 이르렀다. 40년을 출사하면서 당색에 얽매이지 않은 채 중립을 지켰고, 늘 불편부당한 대의를 좇아 공정히 처신했으며, 난세에도 자신의 안위에 상관없이 충정을 몸소 보여 주었다.

특히 어렸을 때부터의 친구인 한음 이덕형과의 돈독한 우정은 '오성과 한음'이라는 일화로 전해져 오랫동안 시정에 훈훈한 이야기를 남겼다. 광해군 때 폐모론에 적극 반대하다가 북청으로 유배되어 그곳에서 죽었다. 그는 그 스스로 "나가고 머무름에 득실을 논하지 마라. 강남에는 물이 넓고 그물도 드물다네 莫把去留論得失 江南水闊網羅稀"라고 노래하면서 벼슬에서 물러나 은거하는 것이 더 현명하다고 했지만 정작 그 자신은 그러지도 못했으니 이것도 운명 아니겠는가. 청백리에 녹선되었고 병조판서를 무려 다섯 차례나 했다.

이 시는 쥐를 빌려 시끄러운 세태를 모른 체하면서 자신의 이해와 영달에만 관심이 있는 관리들을 조소하고 있다. 측간 쥐는 도도한 체 초야에 은거한 선비, 사당 쥐는 주견 없이 임금 곁을 맴도는 조정 관료, 그리고 창고 쥐는 적당히 때우면서 자신의 이해에만 관심이 있는 일반 관리를 지칭한다. 어떻게 보면 거창한 명분을 가지고 초야에 은거하거나, 정반대로 빈 머리로 스물네 시간 긴장이나 하면서 지내는 것보다는 적당히 시간이나 때우면서 철밥통을 끌어안고 사는 것이 편안해 보일 수도 있다. 그러나 이런 쥐가 많아지면 나라가 망하는 것이다. 참고로 다산의 시 「이노행狸奴行」을 함께 읽으면, 이 두 편만으로도 조선 사회를 들여다볼 수 있을 것 같다.

龔自珍 공자진

己亥雜詩 기해잡시

白面儒冠已問津
生涯只羨五侯賓
蕭蕭黃葉空村畔
可有攤書閉戶人

백면서생들 나루터를 묻고
일생 동안 다섯 제후의 빈객되기만을 바라네.
낙엽만이 우수수 빈 마을에 날리는데
문을 닫아걸고 책을 펴든 이가 있을까?

❖

村居暮春六首中其五 촌거모춘육수중기오

隨意相尋野屧輕	그냥 가벼운 발걸음 따라 벗을 찾아갔는데
門前厭聽讀書聲	문 앞에서 글 읽는 소리 듣기 싫네.
十年湖海看花伴	십 년 강호에서 큰 꿈을 꾸던 친구들이
强半人間老舌耕	거지반이 인간 세상에서 훈장으로 늙어 가네.

중국 청나라의 시인 정암定庵 공자진이 쓴 연작시 「기해잡시」 중 하나이다.

정암은 진사에 급제해 종인부주사 등을 지냈으나 일찍 관직에 나가는 것을 단념했다. 호탕한 성격에 박학하고 재기가 넘쳤으며 청말의 다난한 시대상과 자신의 울분을 정감 넘치는 시문으로 표현했는데, 그 속에서 엿보이는 개혁 의지는 강유위 등 청말의 개혁가들에게 큰 영향을 끼쳤다고 한다. 만년에는 불교에 깊이 천착했다.

이 시는 시인이 아편전쟁 발발 바로 전 해(1839)에 당시의 안타까운 사회상을 보고 읊은 것으로, 국가와 민족이 쇠망해 가는데도 진실로 나라를 구하기 위한 학문에 힘쓰는 사람은 보이지 않고 너도나도 관리가 되려고 시험공부에만 열중하는 사회 현실을 풍자하고 있다. 백면서생, 곧 지식인이 도처에서 다섯 제후, 곧 권세가에 빌붙어 관직에 오르는 길만 찾고 낙엽이 우수수 떨어지는, 곧 사회가 쇠락해 가는데도 진정으로 나라를 구하기 위한 학문을 하는 이가 없다고 탄식하고 있는 것이다.

생전에 마오쩌둥이 애송하면서 자신의 마음을 다졌다고 하는 "하늘이 다시 한 번 떨치고 일어서게 해주시어 부디 파격적인 기상을 품은 인재를 내려주소서我勸天公重抖擻 不拘一格降人材"라는 시도 그가 지은 것이다.

비슷한 시기, 비슷한 상황에서 조선말의 매천 황현은 「촌거모춘육수중기오村居暮春六首中其五」✦에서 이렇게 읊었다.

정암은 유능한 인재를 함부로 내쫓고 제대로 키우지도 못하는 현실을 매화 사랑에 비유하여, 곧은 것보다는 굽은 것이, 바른 것보다는 기울어진 것이, 빼곡히 핀 것보다는 드문드문 핀 매화가 더 아름답다면서 억지로 비틀고, 자르고, 솎아 내고, 성장을 억제하는 사람들의 행태를 비꼰 「병매관기病梅館記」를 남기기도 했다.

鄭思肖 정사초
寒菊한국

花開不幷百花叢
獨立疎籬趣未窮
寧可枝頭抱香死
何曾吹落北風中

꽃이 피어도 여느 꽃과 섞이지 않고
홀로 성긴 울타리 밑에 있어도 아름답구나.
가지 끝에 향기 품은 채 다할지라도
어찌 찬바람에 떨어져 땅바닥을 구르리.

정사초는 중국 송말 원초의 시인이자 화가이다. 그는 연강 출신으로 원나라 군대가 송나라를 침범하자 이를 물리칠 대책을 조정에 건의하였으나 받아들여지지 않았다. 곧이어 원의 침공으로 송이 망하자 오하에 은거하며 원을 증오하면서 앉을 때나 누울 때나 북쪽을 향하지 않았다. 심지어 북쪽 말을 들으면 귀를 막고 달아났다고 한다.

그는 시를 잘 지었고, 특히 난초 그림이 유명했는데, 난초를 그릴 때 흙을 그리지 않았다고 한다. 어떤 이가 그 이유를 묻자 "오랑캐들이 땅을 다 빼앗아 갔소"라고 대답했다. 그가 그린 묵란도墨蘭圖가 지금까지 전해 오는데 흙도 뿌리도 없이 드문드문 필획을 가하여 오히려 중후하고 견고하여 그의 절조를 잘 표현하고 있다는 평가를 받는다.

이 시는 원에 망한 조국 송을 그리워하며 자신의 절조를 잃지 않겠다는 뜻을 국화를 빌려 표현하고 있다. 함부로 지조를 팔지 않고 혼자서라도 꿋꿋하게 견디며 충정을 만세에 보여 주되, 설사 생명이 다할지라도 함부로 땅에 뒹굴지는 않겠다는 기개를 보여 주고 있는 것이다.

참고로 시진핑 등 중국의 지도자들이 중화민족의 위대한 부흥을 내세우며 기회 있을 때마다 힘주어 이야기하는 '중국몽中國夢'은, 정사초가 지은 「덕우 2년 설날 아침에」라는 시의 한 구절인 '일심중국몽一心中國夢'에서 유래한 것이라고 한다.

司馬遷 사마천

報任安書보임안서

人固有一死
死有重於泰山
或輕於鴻毛
用之所趣異也

사람은 누구나 한 번은 죽지만
죽음이 태산보다 무겁기도 하고
어떤 죽음은 깃털보다 가볍기도 하니
그 쓰이는 바가 다르기 때문이다.

중국 전한前漢의 역사가 사마천이 친구인 임안에게 보낸 서신인 「보임안서」에 나오는 말이다.

사마천은 젊어서 여러 지역을 여행한 후 관리가 되었고, 아버지가 죽자 뒤를 이어 태사령이 되었다. 47세 때 억울하다고 생각한 이릉李陵을 변호하다가 한 무제 유철劉徹의 뜻을 거스르게 되어 궁형을 당했다. 그 스스로 궁형을 받는 것보다 더 큰 치욕이 없다고 했으니 그가 감내해야 했을 치욕과 분노, 고통을 이해하기 어렵지 않다. 이런 그의 심정이 「보임안서」에 그대로 나타나 있는데, 글자 한 자 한 자가 피가 뚝뚝 떨어지는 것 같아 읽는 이마저 고통의 한가운데 서 있는 것 같은 느낌을 준다는 글이다.

글에 따르면 그는 이런 치욕을 당하고도 자결하지 않고 살아남은 까닭을 "자기 마음속에 다 드러내지 못한 바가 있어서이다. 비루하게 세상에서 사라져 버릴 경우 후세에 문채文彩가 드러나지 아니한 것을 한스럽게 여겨서이다. 천하의 산실散失된 구문舊聞을 수집하여 과거사를 상고하고 처음과 끝을 정리하여 성패흥망成敗興亡의 원리를 살피며 하늘과 인간의 관계를 탐구하고 고금의 변화에 통달하여 일가를 이루고자 함이다"라고 쓰고 있다. 말하자면 이런 취지로 『사기』를 집필했다고 한다.

『사기史記』는 중국 전설 시대부터 한 제국 초기에 이르기까지 고대 중국을 무대로 왕조와 사람의 흥망성쇠를 기전체로 쓴 역사서이다. 역사상 있었던 사건들을 질서정연하게 기술하되, 객관적인 서술보다는 교육적인 역사에 중점을 두어 역사상의 인물들에 대하여 도덕적인 평가를 했다.

그건 그렇고 사마천은 유철에게 복수를 한 것인가? 뜬금없이 유교를 유일한 통치이념으로 삼은 유철을 지목하여, 이는 사상의 스펙트럼을 좁히고 다양한 이념이 형성될 토양을 파괴하여 사회가 균형 감각을 잃고 극단으로 치우칠 여지를 제공했을 뿐만 아니라 독재나 독단을 정당화할 수 있는 명분을 제공할 수 있게 하였음을 두고두고 비판받게 만들었으니 그가 이긴 것인가? 그렇다면 사마천은 유철에게 복수를 한 것인가!

李白 이백
行路難 행로난

金樽淸酒斗十千　　　玉盤珍羞直萬錢
停杯投著不能食　　　拔劍四顧心茫然
欲渡黃河氷塞川　　　將登太行雪滿山

閑來垂釣碧溪上　　　忽復乘舟夢日邊
行路難 行路難　　　多岐路 今安在
長風破浪會有時　　　直掛雲帆濟滄海

금항아리 맑은 술은 한 말에 천 냥이요
옥쟁반의 좋은 안주는 한 접시에 만 냥이라.
잔을 놓고 수저를 던지며 마시지 못하고
칼 빼들고 사방을 둘러봐도 마음만 망연하다.
황하를 건너려니 얼음이 가로막고
태항산을 오르려니 눈발이 가득하네.

한가로이 푸른 냇물에 낚시를 드리우니
홀연 꿈속에서 배를 타고 장안으로 갔네.
인생길 어려워라 인생길 어려워라
갈림길도 많으니 지금 어디 계신가.
큰바람 물결 타고 임을 만날 때가 오리니
구름에 돛을 달고 곧장 창해를 건너가리.

이백은 중국 당나라 때의 시인으로 자는 태백太白, 호는 청련거사靑蓮居士이다.

시인 하지장賀知章에 의해 '적선인謫仙人(하늘에서 귀양 온 신선)'으로 불린 이 사내는 서역에서 태어났다. 어려서는 검술을 익히고 유협遊俠의 무리와 어울리며 산에 숨어 신선술을 닦기도 했다. 입신출세하고 싶은 야망도 있어 42세 때 현종으로부터 한림공봉翰林供奉이란 벼슬을 받고 궁중으로 갔으나 그에게 주어진 것은 나라의 태평성대를 만들기 위한 참모직이 아니라 현종과 양귀비의 여흥을 북돋우기 위한 장식물에 불과했다. 현종의 총신 고력사高力士에게 신발을 벗기게 하는 등의 만용을 부려 보았지만 되레 쫓겨나는 신세가 되고 말았다. 게다가 안녹산의 난 때 줄을 잘못 서 사형선고를 받기도 했다.

그러다 보니 어느덧 자신의 시「조발백제성早發白帝城」의 비유처럼 패기만만하던 청년에서 급격하게 시들어 가는 황혼이 되어 버렸다. 결국 술에 취한 채 장강 채석기采石磯에서 강물에 비친 달을 잡으려다 그만 물에 빠져 죽고 말았다. 그의 나이 62세였다. 다시 신선으로 돌아간 것이다.

이백을 지탱한 것은 술, 시, 협기, 그리고 신선술이었다. 그 배경엔 여자와 꽃, 달이 있었다. 인간으로 왔으면서도 인간을 뛰어넘어 인간의 자유를 비상하고자 노력한 것이 그의 삶이었던 것 같다.

이 시는 중국 시진핑 주석이 언급하여 사람들에게 더 널리 알려졌다고 한다. 인생살이는 누구에게도 힘들고 어렵다. 황하를 건너려니 얼음이 가로막고, 태항산을 오르려니 눈발이 세다. 그러나 아무리 힘들고 갈림길이 많아 선택이 어렵더라도 준비하고 기다린다면 큰바람이 불고 파도가 일렁거리는 때가 올 것이다. 바로 그때 돛을 달고 푸른 바다를 건너가면 된다.

이 시는 특히 마지막 2연, 또는 마지막 4연이 절창이라 시진핑이 아니더라도 중국몽을 부르짖는 중국 지도자들은 누구 할 것 없이 이 시를 자주 인용한다.

이백의 「행로난」은 이 시 외에도 두 수가 더 있는데, 그중 하나는 "내가 보니 자고로 출세한 사람은 공을 이루고 물러나지 아니하여 모두 죽음을 면치 못했다吾觀自古賢達人 功成不退皆殞身"라는 독설로 끝나고 있어 좌절에 대한 그의 심회를 짐작하기 어렵지 않다.

참고로 이백이 신선임을 알려 주는 일화가 하나 있다.

이백이 한때 호남 동정호 주변의 악양루를 거닐 때 근처 바위에 '一疂二'라는 문자가 크게 쓰여 있었다. 아무도 그 의미를 몰라 이백에게 묻자 그가 이렇게 풀이했다. '一'은 '水天一色', '疂二'는 '風月' 곧 '風月無邊', 합하면 '水天一色 風月無邊'이다.

참으로 뛰어난 해석이다. 동정호의 빼어난 경치를 이 정도 함축적으로 표현할 수 있는 말이 또 어디 있겠는가. 그러나 이 일화는 믿기 어렵다. '一疂二'를 그렇게 해석해야 할 어떠한 논리적 연관이나 추론적 근거는 없다. 누군가가 파자破字 유희를 하다가 우연히 이루어진 것을 이야기꾼들이 그럴듯하게 의미를 달아 옮긴 것일 게다.

이백의 초인적 능력을 인정하여(?) 거창하게 의미를 부여해 준다면 미어謎語니 비사秘辞니 하면서 이백의 천재성이나 도교의 신비성 등을 알리기 위해 누군가가 지어낸 것일 터이다.

여기에 한마디 덧붙이면, 만주족이지만 지적 능력이 한족에 못지않다고 자부하던 청의 건륭제가 한번은 항주 서호로 남순南巡을 갔을 때 빼어난 경치를 보다가 문득 위 말이 생각났다. 그래서 호심정 옆에 '疂二'를 써 놓고 당시 한족 최고의 학자인 기효람에게 무슨 의미인지 아느냐고 물었다. 그가 모른다고 하자 겉으로는 대단히 실망한 체하였지만 속으로는 그럼 그렇지 하면서 쾌재를 불렀다고 한다. 그런데 정작 속은 자는 누구인가. 두 사람 다 가고 없으니⋯⋯.

南怡남이
北征북정

白頭山石磨刀盡
豆滿江水飮馬無
男兒二十未平國
後世誰稱大丈夫

백두산 돌은 칼을 갈아 다하고
두만강 물은 말을 먹여 말랐네.
사나이 이십에 나라를 평안하게 하지 못하면
후세에 누가 대장부라 불러 주겠는가.

조선 최고의 비극적 인물 중 한 사람인 남이는 조국 개국공신 남재南在의 5대손으로 할머니는 태종의 딸인 정선공주貞善公主이고, 장인은 대학자인 권근의 손자로 정난 및 좌익공신 1등에 책봉된 권남權擥이다. 남이는 약관 16세에 무과에 급제했다.

당대의 명문가 자제인 그가 문신에 비해 훨씬 낮은 대우를 받았던 무인의 길을 택한 까닭은 정확히 알기 어렵다. 비록 삶은 비극적으로 끝났지만, 그의 혁혁한 전공戰功과 출세에 비춰 볼 때 무인 쪽이 더 나라에 기여할 수 있다고 판단한 것이 아닌가 싶다.

그는 26세에 이시애의 난을 평정하는 데 결정적 계기가 된 북청전투에서 두드러진 활약을 보여 적개공신 1등에 책봉되었다. 곧 건주위建洲衛 여진女眞 토벌 작전에서도 적의 우두머리인 이만주를 죽이는 등 뛰어난 공을 세웠다. 이러한 업적과 세조의 절대적인 신임으로 파격적으로 승진하여 27세에 공조판서에 임명되었고 반년 뒤에 오위도총부 도총관을 겸임하였으며 바로 한 달 뒤에는 병조판서에 발탁되었다. 27세에 국방 최고 책임자가 된 것은 조선 역사상 그가 유일하다. 그러나 급격한 오르막에는 급격한 내리막이 있다고 했던가. 세조가 승하하기 13일 전에 병조판서에 임명되었지만 예종의 즉위 당일 바로 겸사복장으로 좌천되었다가, 한 달 뒤 모반을 꾀했다는 죄목으로 저자에서 처형됨으로써 그의 삶이 마감되었다. 순조대에 와서야 사면되어 관직이 복구되고 '충무'의 시호가 내려졌다.

뛰어난 능력과 웅대한 포부, 그리고 두드러진 공적에도 불구하고 그의 삶이 이렇게 짧게, 또 비극적으로 끝난 것은 참으로 안타까운 일이다. 이는 물론 음해와 고변을 무기로 영달을 도모한 간특한 모사 유자광의 혜성 출현에 대한 해석을 빙자로 한 고변에 따른 것이지만, 훈구대신과 신진세력 간의 세력 다툼과 왕권 장악에 불안해하고 있던 예종의 귀성군 이준 등 연부역강한 사촌 등 왕족들에 대한 두려움도 어느 정도 영향을 미친 것으로 보인다. 모반 혐의는 이순신 등의 예에서 보듯 탁월한 무장에게 따르는 숙명과 같은 것이라고 진단하는 사람들도 있어 씁쓸하기 그지없다.

차라리 '화와 복은 함께 다닌다(화복동행禍福同行)', '음과 양은 동일하게 생긴다(음양동생陰陽同生)', '차면 기울고 기울면 찬다(일월영측日月盈昃)'는 등의 동양적 세계관의 저변에 흐르는 사상에 비추어, 치우치거나 가파르거나 넘치거나, 이례적인 경우는 그것이 화가 되든 복이 되든 상관없이 반드시 그에 상응하는 반작용이 누구에게라도 일어날 수 있으니 미리 대비하라는 교훈으로 이해함이 어떨까 싶다.

한마디 더 덧붙이면, 남이의 경우는 워낙 삶이 파격적이고 비극적이어서 해원解冤에 귀신 세계까지 동원되었으니, 즉 귀신으로 인하여 처를 얻었고 그 귀신 때문에 목숨을 잃었고, 죽어서도 귀신이 되어 산 자의 생사와 길흉을 관장하고 있다는 것이다. 을지문덕을 비롯하여 강감찬, 최영, 심지어 이순신까지 신으로 모셔지고 있으니 특이할 것도 없다.

이 시는 대단히 호쾌하고 웅대한 포부를 나타내고 있다. 호연지기가 물씬 느껴지는 시이다. 백두산 돌은 모두 군사들의 칼을 가는 데 소비하고 두만강 물은 모두 군마들을 먹여 말랐으니 이 얼마나 대단한 군사인가! 이런 군사를 거느리고 이십대에 태평성대를 만들겠다. 그렇게 하지 못한다면 누가 대장부라고 불러 주겠느냐라는 것이다.

'미평국未平國'을 '미득국未得國'으로 바꾸어 모함했다고 했는데, 그렇게 하더라도 뜻에 무리가 없고 문맥상으로도 문제점을 발견하기가 쉽지 않으니, 참으로 얄궂은 운명이다. 삶의 길은 다르지만 짧고 비극적인 점에서 비슷한 중국 당나라 때의 시인 이하李賀는 이렇게 읊었다(「남원십삼수중기오南園十三首中其五」).

男兒何不帶吳鉤　한 사나이가 어찌 오구검 차고
收取關山五十州　관산의 오십 주를 정복하지 않으리.
諸君暫上凌烟閣　그대들이여, 잠시 능연각에 올라가 보게
若個書生萬戶侯　어느 서생이 만호를 다스릴 만한 제후의 재목인지.

杜甫 두보
登岳陽樓 등악양루

昔聞洞庭水
今上岳陽樓
吳楚東南坼
乾坤日夜浮
親朋無一字
老病有孤舟
戎馬關山北
憑軒涕泗流

예부터 들어온 동정호
오늘에야 악양루에 올랐네.
오나라와 초나라 동남으로 나뉘어 있고
하늘과 땅에 낮과 밤이 뜨네.
친한 친구는 소식 한 자 없고
늙고 병든 나는 외로운 배 한 척뿐이네.
관산 북쪽은 아직도 전쟁이라
난간에 기대어 눈물 흘리네.

두보는 '시성詩聖' 또는 시로 표현된 역사라는 뜻의 '시사詩史'로 불릴 만큼 중국 최고의 시인으로 평가되고 있다. 우리나라에서도 고려시대 이제현李齊賢 등이 크게 영향을 받았고, 조선시대에는 왕명으로 『분류두공부시언해分類杜工部詩諺解』가 편찬될 정도였다.

두보는 7세에 시를 짓는 등 시재는 일찍이 인정받았으나 벼슬 운은 지극히 없었고, 정치적 재능마저 부족했다. 그의 평생은 불우하고 궁핍한 가운데 내란과 외우를 피해 늘 피난길 위에 있었다. 그럼에도 가족애는 지극하여 언제나 가족과 함께 있으려 했고, 잠시라도 떨어지게 되면 처자의 신상을 염려하는 애정 어린 시를 남겼다.

그의 삶과 시는 한마디로 성실, 그것도 위대하다고 말할 정도의 성실한 자세로 일관했다고 할 수 있다. 사람과 밥과 시, 그리고 자신에 성실했던 그는 감내하기 어려운 현실을 처절하게 견뎌 내면서 일상생활에서 제재를 찾아 우수와 감동을 엮었다.

개인과 국가, 그리고 사회의 고난을 온몸에 지고 시를 썼던 그는 59세를 일기로 동정호의 배 위에서 삶을 마감했다. 며칠을 굶다가 갑자기 고기를 먹고 체해 죽었는데, 곽말약에 의하면 병에 걸린 소고기였다고 하니 참으로 하늘도 무정하다.

이 시는 두보가 말년에 악양루에 올라 동정호를 바라보고 그 감회를 읊은 것이다. 동정호의 굳센 기상에 압도되어, 늙고 병든 몸으로 방랑하는 자신의 신세와 아직도 전란에 휩싸여 있는 나라 걱정으로 눈물을 흘린다. 웅대한 동정호와 침통한 자신, 완전히 평화로운 자연과 지극히 어지러운 인간, 기쁨과 환희, 슬픔과 고뇌를 극명하게 대비시키고 있다.

屈原 굴원

小司命소사명

秋蘭兮靑靑
綠葉兮紫莖
滿當兮美人
忽獨與余兮目成
入不言兮出不辭
乘回風兮載雲旗
悲莫悲兮生別離
樂莫樂兮新相知

가을 난초 짙푸르니
초록 잎과 자줏빛 줄기 돋보이고
아름다운 사람들 가득한데
문득 홀로 나와 눈이 마주쳤네.
들어올 때 말이 없고 나갈 때 인사 없으니
바람 타고 구름 깃발 실었더라.
슬프고도 슬픈 것은 살아 이별하는 것이고
기쁘고도 기쁜 것은 서로 사랑하는 것이네.

「이소離騷」로 잘 알려진 굴원은 중국 최초의 서정시인이자 자유사상가로서『초사楚辭』의 대표 시인이다.

굴원은 진秦, 초楚, 제齊 세 나라가 자웅을 겨루던 시기에 초나라의 왕족으로 태어나 회왕懷王의 신임을 받아 20세에 좌도라는 중책을 맡았지만 상관대부와 충돌함으로써 왕과 멀어졌다. 이후「이소」를 써서 자신의 결백을 주장했지만 왕을 설득하는 데 실패했고, 제나라와 동맹하여 진에 대항해야 한다고 간청했지만 왕은 오히려 제나라와 단절하고 진나라에 붙었다가 기망을 당하여 목숨까지 잃게 되었고 나라 역시 급격하게 기울었다.

굴원은 초나라가 진나라에 망하자 "죽음을 피할 수 없다는 걸 아니 안타까움 따위는 갖지 않으리知死不可讓 愿勿愛兮"라고 노래하고는 음력 5월 5일 멱라강에 몸을 던졌다. 그가 추구했던 삶과 예술, 정치에는 티끌 하나 용납할 수 없는 결백증적 자의식이 있었던데다가 이상 정치에 대한 집요함 때문에 순국은 이미 예정되어 있었다는 분석도 있다.

『사기』는 그를 "혼탁한 세상에서 빠져나오듯 티끌 하나 묻히지 않고 살다 간 사람"이라고 평했지만 정통 유가의 입장에서는 그렇게 호의적이지 않다. 지나치게 자신의 재주를 드러냈고 울분을 내면적으로 소화하지도 못했다는 것이다. 말하자면 중용中庸의 덕이 부족하단다.

중국에는 신神이 많다. 인간의 목숨을 관장하는 신이 사명司命인데 대사명大司命은 성인을, 소사명小司命은 아이의 생사를 주관한다고 한다. 이들은 산 사람과 죽은 사람의 모든 기록을 관리하여 죄에 따라 수명을 삭감한다고 하니 대단히 합리적인 신이다.

이 시는 일종의 무가巫歌이다. 영매인 무巫가 소사명 신을 불러내어 초혼招魂을 하는 과정을 마치 남녀가 연애하는 것처럼 노래하고 있다.

많은 사람 가운데서 문득 서로 눈이 마주쳤지만 말이 없고 인사가 없다. 곧 떠나야 할 운명이다. 이별만큼 슬픈 것이 있겠는가. 사랑만큼 기쁜 것이 있겠는가. 내용도 노래도 모두 아름답다.

金馹孫 김일손
渡漢江 도한강

一馬遲遲渡漢津
落花隨水柳含嚬
微臣此去歸何日
回首終南已暮春

필마로 느릿느릿 한강 나루를 건너는데
꽃잎은 물결 따라 흐르고 버들은 찡그린 듯하네.
미미한 신하 이제 가면 언제 돌아오게 될까?
종남산 돌아보니 봄이 이미 저무네.

조선 전기의 문인 탁영濯纓 김일손은 김종직의 문하에서 수학했으며, 생원·진사시, 식년 문과 등에 우수한 성적으로 합격하여 권지부정자, 이조정랑, 춘추관 기사관 등을 지냈다.

주로 언관言官이나 사관史官으로 근무하면서 유자광柳子光, 이극돈李克墩 등 훈구파 학자들의 부패와 비행을 고발하고, 권세를 가진 채 귀족화됨을 비판했으며, 사림파의 중앙 정계 진출을 적극 도왔다.

춘추관 기사관으로 있을 때 김종직이 세조찬위世祖簒位(수양대군이 단종을 몰아내고 왕위를 빼앗은 일)의 부당함을 풍자하여 지은 '조의제문'을 사초에 실었는데 무오사화 때 이 일로 그는 물론 여러 선비들이 희생되었다. 그는 당시 멸족을 당하여 그 이후 김해김씨(삼현파)는 씨가 말라 더 이상 과거 등용자가 없었다는 말이 나돌기까지 했다.

김일손은 소인배를 우습게 보는 강직한 성품에 자신을 '높이 자처하고 남을 칭찬하는 일이 적었다尤少許可'고 한다. 더 나아가 인물을 평가하고 국사를 논함이 청천백일青天白日 같았지만 지나치게 과감하고 직설적이었다. 심지어 그의 동료였던 정광필, 김굉필, 김안국 등이 그의 지나친 과격성을 만류하기까지 했다고 한다. 자신이야 천성이 곧고 맑았지만 그렇지 못하지만 함께 살아갈 수밖에 없는 사람들과 어떻게 공동체를 이루어 나갈 것인가에 대하여 그의 희생은 많은 숙제를 남겼다. 그는 시 「만년송萬年松」에서 '우습다. 권세가의 홰나무와 버드나무는 황혼의 가을바람에 흔들려 떨어지네饒笑朱門槐柳樹 秋風搖落日黃曛'라고 노래했지만 그가 먼저 떨어졌으니 이를 어떻게 이해해야 할지 곤혹스럽다.

이 시는 김일손이 32세 되던 해, 낙향하면서 지은 것이다. 벼슬을 그만두고 필마로 한강을 건너는데 아직도 벼슬에 대한 미련이 남아 있어서인지 걸음이 느리기만 하다. 다시 돌아오고 싶지만 봄이 이미 저물어 가고 있으니 그게 가능할까?

悲　莫　悲　兮　生　別　離
樂　莫　樂　兮　新　相　知

슬프고도 슬픈 것은 살아 이별하는 것이고
기쁘고도 기쁜 것은 서로 사랑하는 것이네.

權韠 권필
寒食 한식

祭罷原頭日已斜
紙錢翻處有鳴鴉
山蹊寂寂人歸去
雨打棠梨一樹花

제사 마친 들판에 해는 이미 기울고
지전 흩날리는 곳에 갈까마귀만 운다.
적적한 산길에 사람들은 돌아가고
한 그루 팥배나무 꽃잎 위로 봄비가 빗발치네.

석주石洲 권필은 조선 초기의 명신 권근權近을 선대 할아버지로 모신 전형적인 관리 집안에서 태어났다. 그러나 벼슬에 뜻이 없어 술과 시를 즐기며 자유분방한 일생을 보냈으며 특히 허균 등과 막역하게 지냈다. 그 스스로 말하길 '늘 높은 벼슬아치로서 세상 사람들이 어질다고 하는 사람을 만나면 종놈같이 천하게 여겼으나, 기개 있는 개백정으로 향리에서 천대받는 자를 보면 흔쾌히 따라 놀기를 바랐다'(「답송보서答宋甫書」)고 하니 무슨 설명이 더 필요하겠는가. 그의 시는 잘못된 사회상을 비판하고 풍자하는 데 주목할 만한 성과를 거두었는 평을 받았다.

광해군의 비妃 류씨柳氏의 동생 등 외척들의 방종을 비난하는 「궁류시宮柳詩」를 지었다가 발각되어 유배되었고, 귀양을 가던 중 행인들이 주는 동정술을 폭음하고 죽었다.

그는 포의 처사로서, 시로써 선조 임금에게 인정을 받았다가 시로써 광해군에게 화를 당한 얄궂은 운명을 타고난 사내이다.

이 시는 한식날 지은 것으로 인생의 덧없음을 노래하고 있다. 제사를 마친 들판에 해는 이미 기울고, 지전은 불태워져 흩날리는데 갈까마귀들만이 제사 음식을 먹으려고 주변을 서성거리며 운다.

사람은 가고 쓸쓸한 무덤만 남았는데 팥배나무 꽃잎 위로 봄비가 빗발친다. 자신은 어떤 상황에서도 견딜 수 있다는 암시를 주는 것 같지만 그의 말로가 그렇지 않았으니 참으로 안타깝다. 한 그루 팥배나무 꽃잎 위로 봄비가 빗발친다는 게 무슨 말이겠는가. 곧 다가올 그의 운명을 암시하는 것 아니겠는가.

崔致遠 최치원

秋夜雨中 추야우중

秋風唯苦吟
世路少知音
窓外三更雨
燈前萬里心

가을바람에 외로운 한숨 소리
세상에 알아주는 이 적네.
밤은 깊은데 창밖에 비는 내리고
등불 앞 고향 그리는 아득한 마음이여.

고운孤雲 최치원은 신라 6두품 출신으로 12세에 당에 유학, 18세에 빈공과에 장원급제했다. 황소의 난이 일어나자 종사관으로 토벌에 참여하여 작성한 '격황소서檄黃巢書'는 명문으로 널리 알려졌다.

이후 신라로 돌아왔지만 골품제의 한계와 어지러운 정치 상황으로 자신의 뜻을 펼칠 수가 없었다. 그는 신세를 한탄하면서 여러 지역을 유람하다가 "항상 시비 소리가 귀에 이를까 두려워 일부러 흐르는 물로 하여금 온 산을 둘러싸게 한常恐是非聲到耳 故教流水盡籠山"(「제가야산독서당題伽倻山讀書堂」) 다음 가야산 해인사에 은거하며 시서詩書에 몰입했다.

스스로는 '유문말학儒門末學'이라고 낮추면서 유학자로 자처했지만 불교와 도교에도 이해가 깊어 이른바 유·불·선 등 삼학에 회통했으며, 조선 후반기의 북학 사상과 최제우의 동학 등에도 큰 영향을 끼쳤다.

그는 이미 생존 시에 당나라 문인들로부터 시선 이백과 비교되었고, 귀국한 뒤에는 신라 왕으로부터 국사國士로 대우를 받았다. 더 나아가 고려 현종대에 우리나라 사람으로는 처음으로 설총과 함께 문묘에 배향되어 유종儒宗으로 받들어졌다.

대부분의 사람이 그렇듯 그 역시 후대인들로부터 존경과 비판, 긍정과 부정 등 상반된 평가가 이어졌다. 이것 역시 그가 후대에 끼친 영향이 그만큼 크다는 것을 보여 주는 예가 아닌가 한다.

이 시는 그가 당나라 현위 시절에 지은 것으로 현실과의 자기 소외감, 자기 고독감을 집약하여 표현한 절창으로 평가받고 있다.

마음에 품어 온 포부를 제대로 펴지 못하는 불우한 생애와 탈속의 염원 속에서도 떨쳐 버리지 못하는 세속에 대한 미련, 비 내리는 가을밤과 같은 쓸쓸한 현실과 늘 꿈꾸어 온 만 리 밖의 이상향을 그리는 마음 등이 압축되고 정제된 언어로 잘 나타나 있다.

그가 떠난 지 천여 년이 지난 지금에 이르기까지 나라 곳곳에 그의 흔적이 남아 있고, 또 그를 기리는 행사들이 이어지고 있으니 비록 몸은 금수저가 되지 못했지만 명예는 금수저를 넘어선 건 아닌지.

文天祥 문천상
過零丁洋 과영정양

辛苦遭逢起一經
干戈寥落四周星
山河破碎出飄絮
身世浮沈雨打萍
惶恐灘頭說惶恐
零丁洋裏嘆零丁
人生自古誰無死
留取丹心照汗靑

고단한 인생 역정 경전 시험으로 시작되었네.
사 년간의 전쟁으로 영락한 세월
무너진 고국 산하에 흩날리는 버들개지
이 몸은 비바람 앞의 부평초 신세
황공탄에서 놀란 일 겪고
영정양에서 쓸쓸함을 탄식하네.
인간 세상 예로부터 죽지 않는 자 누구였나
일편단심은 청사를 비추리라.

중국 남송의 재상 문산文山 문천상은 20세에 진사시에 장원급제한 후 우승상에까지 이르렀다. 원나라가 침입하여 수도 임안에 다다르자 문관으로서 근왕병 1만 명을 모집하여 분전하였으며 강화 교섭을 위해 원나라로 파견되었으나 항론抗論하다가 오히려 붙잡혔다. 송나라는 망하고 문천상은 포로가 되어 북송 중 탈주하여 잔병을 모아 싸웠다. 그러나 다시 체포되어 독약을 먹고 자살을 기도하였으나 실패하고 대도(지금의 베이징)에 3년 동안 갇혀 있다가 원 세조의 회유를 끝까지 거절하고 살해되었다.

문천상은 사람됨이 정의롭고 의기가 넘쳤으며 시는 비장하고 기백이 있었다. 옥중에서 지은 시「정기가正氣歌」는 고금의 명시로 인구에 널리 회자되고 있으며, 특히 아래에 소개하는 「금릉역金陵驛」은 후세 충신들의 절명시 등에도 영향을 준 절창이다.

草舍離宮轉夕暉　　잡초가 우거진 이궁에 저녁 햇살이 기울고
孤雲飄泊復何依　　구름만 외로이 떠도는데 오늘은 어디에서 잠잘까.
山河風景元無異　　산하의 풍경은 원이라고 하여 다를 리 없건만
城郭人民半已非　　성곽과 백성들은 반은 이미 아니로구나.
滿地蘆花和我老　　땅에 가득한 갈대꽃은 나와 함께 시드는데
舊家燕子傍誰飛　　옛집의 제비는 누구와 더불어 날아갈까.
從今別却江南路　　지금 이별하고 강남을 떠나지만
化作啼鵑帶血歸　　두견새 되어 피를 머금고 돌아오리라.

「과영정양」은 문산이 원나라 군대에 포로로 잡혀 압송되는 과정에서 영정양을 지날 때의 소회를 읊은 것이다. 명경과에 장원급제하여 관리가 되었지만 원나라가 쳐들어오면서 나라가 망할 위기에 처한다. 안타까운 마음에 주위에 충성을 호소해 보지만 응하는 사람이 많지 않다. 자신이라도 최선을 다해 나라를 구하고자 하지만 해는 이미 기울고 있으니…….

누굴 탓하고 누굴 원망하겠는가. '인간 세상 예로부터 죽지 않는 자 누구였나 일편단심은 청사를 비추리라.' 참으로 천고에 남을 명언이다.

權近권근

王京作古왕경작고

王氏作東藩
維持五百年
衰微終失道
興廢實關天
慘澹城猶是
繁華國已遷
我來增歎息
喬木帶寒烟

왕씨가 동쪽에 나라를 세워
오백 년 세월을 유지했네.
쇠약해져 마침내 도를 잃었으니
흥망이 실로 하늘에 달려 있구나.
성은 참담한 채 여전히 있는데
번화한 나라는 이미 바뀌었네.
내 와서 보니 탄식만 더해지고
교목엔 쓸쓸한 연기만이 감돈다.

권근은 고려 말에서 조선 초의 문신이자 성리학자로 자는 가원可遠, 호는 양촌陽村이다.

양촌은 성균시를 거쳐 이듬해 문과에 급제하여 춘추관 검열, 성균관 직강, 예문관 응교, 지공거 등을 지냈다. 공민왕이 죽자 정몽주, 정도전 등과 함께 원나라를 멀리하고 명나라를 가까이 할 것을 주장했다.

조선 태조 2년(1393)에 태조의 부름을 받고 계룡산 행재소로 달려가 새 왕조의 창업을 칭송하는 노래를 지어 올렸으나 뒷사람으로부터 곡필曲筆 이라는 평을 면치 못했다. 명나라와 표전 문제(명나라에 보낸 외교 문서 속 표현이 불경스럽다고 트집을 잡아 일어난 문제)가 발생하자 명나라로 가서 외교적 사명을 완수하였으며, 명 태조의 명을 받아 응제시應製時 24수를 지어 중국에까지 문명을 떨쳤다.

그는 경학과 문학을 함께 연마하였으며 이색을 스승으로 모시고 그 문하의 정몽주, 이숭인 등 당대의 석학들과 교유하면서 성리학 연구에 정진하여 고려 말의 학풍을 일신하고 이를 새 왕조로 계승시키는 데 기여했다는 평가를 받고 있다. 왕명으로 하륜 등과 함께 『동국사략』을 편찬하였고, 『양촌집』『오경천견록』 등의 저서가 있다.

이 시는 명 태조의 명을 받아 지은 응제시 24수 중 첫 수로 외교시外交詩의 백미로 평가받는다.

왕씨가 나라를 세워 500년이나 갔지만 마침내 도를 잃고 쇠약해져 황량한 성곽만 남긴 채 나라가 바뀌었다. 민심이 곧 천심이니 흥망은 민심이 쥐고 있는 것이다. 이런 민심을 제대로 받들지 못하여 망한 고려의 도읍을 막상 와서 보니 탄식만 나온다. 나라의 동량들은 다 무엇을 했는지, 흥망과 무관한 숲 속에서마저 쓸쓸한 기운이 흘러나오는 것 같다. 자연도 이러한데 사람들의 감회야 어떠하리. 망한 나라의 처지를 빌려 지도자, 공직자의 자세와 분발을 촉구하고 있다.

白居易 ^{백거이}

采詩官 채시관

君耳唯聞堂上言
君眼不見門前事
貪吏害民無所忌
奸臣蔽君無所畏
君兮君兮願聽此
欲開壅蔽達人情
先向歌詩求諷刺

임금의 귀는 오직 당상관의 말만 들을 뿐이고
임금의 눈은 대궐 문 앞의 일도 보지 못한다.
탐관오리들은 백성을 해침에 꺼리는 바가 없고
간악한 신하들은 임금을 가리고도 두려움이 없다.
임금이시여, 임금이시여, 이 말씀을 들어 보세요.
막히고 가린 것을 열고 백성의 마음에 이르려면
먼저 백성의 노래와 시에서 풍자를 찾으십시오.

백거이는 중국 당나라 때의 시인으로 29세에 진사시에 합격한 후 40여 년을 관직에 있으면서 출세와 욕망의 절제, 출사와 은일을 두고 갈팡질팡하며 줄다리기를 했다. 그럼에도 그의 삶은 진정성이 있었고, 개인은 청렴하였으며, 정치는 자비로웠다고 한다. 또한 관직에 있으면서도 시대적 폐단을 지적하거나 왕에게 간하는 풍자시도 많이 썼다.

당나라 현종과 양귀비의 절절한 사랑을 노래한 「장한가長恨歌」 등으로 널리 알려진 백거이는 젊은 시절에는 지적이고 낭만주의적인 경향을 보이다가 점차 현실을 알게 되자 정치와 사회를 비판하며 풍자하는 쪽으로 옮겨 갔고, 노년에는 자신의 내면을 관조하여 인생의 지혜를 표상하는 쪽으로 나아갔다. 그는 글은 누구나 알 수 있게 쉽게 써야 한다면서 시를 지을 때마다 글을 모르는 노인에게 읽어 주어 이해하지 못하는 부분이 있으면 바로 쉬운 표현으로 고쳤다고 한다.

이 시는 시가의 사회적 효용을 주장하면서 임금에게 풍속을 살피는 관리를 뽑고, 이 관리로 하여금 노래 부르는 소리와 풍자하는 시를 아래에서 채집하여 위에 바치도록 하는 이른바 채시관 제도를 둘 것을 건의하고 있다. 정치란 국리민복國利民福을 위하여 존재하는 것이니, 백성들은 그들의 어려움이나 불만 등을 밖으로 나타내기 마련이고 그것이 풍자나 동요 등으로 표출되고 있으니 이를 제대로 수집하여 해결해 주는 제도를 만들자는 취지의 시이다. 임금의 심기를 건드리지 않기 위하여 시의 형식을 빌려 정책을 건의한 것도 지모가 있다.

백거이는 항주자사 시절 조과도림鳥窠道林 선사를 찾아가 불법佛法의 근본 뜻嫡嫡大意을 물어 "나쁜 짓은 하지 말고 좋은 일만 하라諸惡莫作 衆善奉行"는 말을 듣고 "그거야 세 살 먹은 아이도 아는 것 아니냐"고 아상을 내다가 "세 살 먹은 아이도 말할 수는 있지만 80세 노인도 실천하지는 못한다三歲兒孩雖道得 八十老翁行不得"는 말에 크게 한 방 맞은 후 발심하여 불교에 깊이 귀의했다.

李滉 이황

步自溪上 踰山至書堂 보자계상 유산지서당

花發巖崖春寂寂
鳥鳴澗樹水潺潺
偶從山後攜童冠
閑到山前問考槃

꽃이 가파른 벼랑에 피어 봄은 고요하고
새가 시내 숲에 울어 시냇물은 졸졸 흘러가네.
우연히 산 뒤에서 제자들을 이끌고
한가히 산 앞에 와 머물 곳을 묻는다.

퇴계退溪 이황은 율곡 이이와 더불어 조선조를 대표하는 학자이다.

『조선왕조실록』은 이황을 다음과 같이 기술하고 있다.

"퇴계는 타고난 성품이 순수하고 학식이 뛰어났다. 성인의 학문에 뜻을 두어 마음으로 생각하고 힘써 실천하며 행실을 돈독하게 하였다. 여러 차례 조정의 부름을 받았으나 쉽게 나아가지 아니했으며 경서를 탐구하고 도를 즐기는 것을 일로 삼았다…… 도가 이루어지고 덕이 확립되자 더욱더 겸허해져서 그에게 배우려는 학자들이 사방에서 모여들었고 마음을 모아 사모하였다……. 퇴계는 이 세상의 유종儒宗으로서 조광조 이후 그와 겨룰 자가 없으니, 이황이 재주와 기국器局에 있어서는 조광조에 미치지 못하지만 의리를 깊이 파고들어 정미한 경지까지 이른 것은 조광조가 미치지 못한다고 한다."

퇴계는 문과 급제 후 단양 군수, 성균관 대사성, 동지중추부사, 예조판서, 이조판서 등 많은 요직을 두루 거쳤지만 늘 사퇴를 청해 머무는 기간이 짧았다. "퇴계는 과거로 출신하였음에도 완전히 나아가지도 아니하고, 완전히 물러나지도 아니한 채 서성이면서 세상을 기롱했다"는 정인홍의 비판 역시 이와 무관하지 않을 것이다.

그러나 생후 1년 만에 부친이 별세하고 처가 연이어 사망하고 자식들이 요절하는 등 불행한 가정사가 이어졌지만 며느리를 몰래 개가시키는 등 인간에 대한 애정이 깊었다. 단양 군수 시절 만난 기생 두향이 뒤에 소실이 되었다가 그가 죽자 곧바로 충주 강선대에서 몸을 던진 이야기도 그의 따뜻한 인간성을 말해 준다 할 것이다.

그는 성리학의 종주宗主로 평가받고 있지만 그의 학문하는 태도나 처신은 참으로 겸손했다. 죽을 때도 묘지명에 '처사'로 쓰라고 했다. 그러나 '불교가 조금이라도 섞이게 되면 왕도가 행해지기 어렵다'면서 불교 배척을 강하게 건의하거나 노장老莊을 무시하는 등 사상의 편협성을 보인 것에 대하여는 그 자체의 문제점은 차치하더라도 성리학이 불교 등의 영향을 크게 받아 생성된 연유 등에 비추어 보더라도 이해가 쉽지 않다.

특기할 만한 것은 남명 조식 또한 그와 같은 해인 1501년에, 그것도 경상도에서 태어났다는 사실이다. 두 사람은 영남을 대표하는 학자로서 퇴계는 영남 좌도를, 남명은 영남 우도를 대표했다. 남명이 진주 지방을 중심으로 현실을 비판적으로 인식하고 실천적인 학문을 주장했다면, 퇴계는 안동 지방을 중심으로 현실을 긍정적으로 인식하면서 성리학을 이론화했다. 남명은 '의義'를, 퇴계는 '인仁'을 주창하면서 오랜 세월 면면히 이어져 학파를 형성했으며 제자들도 자연스레 남명 쪽에서는 정의를 사랑하고 지조를 굽히지 않는 학자들이, 퇴계 쪽에서는 학문에 깊이 천착하고 겸손한 학자들이 많이 배출되었다.

이러한 차이는 두 사람이 살아 있을 때부터 예견되었으니, 퇴계는 남명을 '오만하여 중용의 도를 기대하기 어렵고 노장에 물든 병통이 있다', 남명은 퇴계를 '물 뿌리고 청소하는 것도 제대로 모르면서 입으로는 천리天理를 논하면서 허명虛名을 훔친다'라고 서로 비판하면서 상이한 학문관과 세계관을 보였다.

이는 선비 사회가 동·서로 분화되자 일단 이들 제자들은 모두 동인東人의 핵심이 되었지만 곧바로 퇴계 제자들은 남인南人, 남명 제자들은 북인北人이 되어 당쟁을 격화시켰다는 비판에서도 자유롭지 못하다. 심지어 오늘날에도 좌도 쪽의 이문열, 김주영, 이인화 등과 우도 쪽의 이병주, 박경리 등의 문학을 통하여 현실을 보는 눈에도 차이가 보인다고 한다면 나만의 억측일지…….

이 시는 퇴계가 제자들을 데리고 계상溪上에서부터 걸어서 산을 넘어 서당에 도착한 느낌을 읊은 것으로 성리학상 수양修養의 최고 경지를 보여 주는 시라고 한다. 꽃이 피고 새가 울며 물이 흘러가는 게 자연의 이치이다. 그 속에서 제자들을 이끌고 한가로이 산 앞에 이른 것은 천리에 순응하여 자연과의 혼연일체가 되었음을 보여 주는 것이 아닌가 한다.

曺植 조식
題德山溪亭柱 제덕산계정주

請看千石鐘
非大扣無聲
爭似頭流山
天鳴猶不鳴

청컨대 천 석 종을 보라
크게 치지 않으면 소리가 나지 않는다
어찌하면 두류산처럼
하늘이 울려도 오히려 울지 않을 수 있을까?

조식은 조선시대의 학자로 자는 건중楗仲, 호는 남명南冥이다.

그는 부친이 이조정랑 등을 지내면서 가문이 일어서는가 했지만 곧 숙부가 기묘사화에 연루되어 목숨을 잃고 뒤이어 부친마저 관직을 삭탈당하면서 벼슬길에 회의를 품기 시작했다. 그러던 중 '대장부가 벼슬길에 나아가서는 아무 하는 일이 없고 초야에 묻혀서는 아무런 지조도 지키지 않는다면 뜻을 세우고 학문을 닦아 장차 무엇을 하려고 하는가'라는 글에 충격을 받아 출세보다는 유학의 본령을 탐구하는 쪽으로 마음을 정했다.

'군자는 경敬으로써 안을 곧게 하고 의義로써 바깥을 바르게 한다'라는 주역의 말을 좌우명으로 삼아 경과 의를 세워 스스로 도야하고 경계하면서 후진 양성에 힘썼다. 조정에서 여러 차례 벼슬을 내렸지만 사양했다.

그는 포의로 지내면서 "대비(문정왕후)는 구중궁궐의 한 과부에 불과하고 국왕(명종)은 돌아가신 왕의 한 고아일 뿐이니, 천 가지 백 가지나 되는 하늘의 재앙과 억만 가지의 민심을 어떻게 감당하며何以當之 어떻게 수습하시겠습니까何以收之耶?"라는 상상하기 어려운 표현으로 문란한 통치에 대하여 시정을 요구한 이른바 '단성소'를 올리기도 하였으며 이러한 활동 등으로 재야 사림의 영수로서 우뚝 섰다.

남명은 퇴계가 세상을 떠났다는 말을 듣고 눈물을 흘리면서 "같은 해에 태어나고 살기도 같은 경상도에 살면서 70년을 두고 서로 만나지 못했으니 어찌 운명이 아니겠는가. 나도 곧 가게 될 것이다"라고 했으며, 또 퇴계가 죽으면서 "내 비석에 처사라고만 쓰라"라는 유언을 했다는 말을 듣고는 "퇴계가 할 벼슬은 다 하고 처사라니 평생 동안 출사하지 아니한 나도 이 칭호를 감당하기 어렵거늘"이라고 말했다고 한다. 남명은 퇴계가 떠난 그다음 해에 세상을 하직했으니 참으로 두 사람의 경계가 남다르다.

남명은 후일 그의 상징이 된 성성자惺惺子라는 방울을 차고 다니면서 타락한 권력을 질타하고 무기력한 지식인 사회에 경종을 울린, 이른바 선비 정신을 실천한 인물이다.

그의 실천적 학풍은 제자들에게 그대로 계승되어 임진왜란 당시 의병장으로 활약한 이가 많았다.

정인홍 사건 등으로 남명 쪽에 선 이들은 큰 타격을 받았지만 국가적 위기가 있을 때마다 민본民本을 바탕으로 한 남명의 정신은 면면히 이어져 왔다. 자족과 은일이 가능한 지리산이 현실 비판적 내지 체제 도전적 정신 형성에 나름대로 도움이 되었을 것이다.

정조 역시 "영남에서 절의節義 있는 선비가 배출된 것은 실로 이 한 사람의 힘 때문이니 후세에 어찌 중도의 선비中行之士를 얻을 수 있겠는가. 이런 사람은 또한 얻기가 쉽지 않은 것이다"라고 평했다(『일득록』).

이 시는 덕산 계정의 기둥에 쓴 것으로 남명의 높은 기상을 스스로 보여 준다. 일 석이 120근이니 천 석이면 12만 근이다. 12만 근이나 되는 대종은 웬만하게 쳐서는 소리가 나지 않는다. 그런데 여기서 더 나아가 저 지리산처럼 하늘이 때려도 울지 않고 버틸 수 있길 기대하고 있다. 천 길 (만 길) 절벽 위에 서 있는 기상有壁立千仞(萬仞)之氣을 가졌다는 말이 빈말이 아님을 보여 준다.

劉禹錫 유우석
遊玄都觀 유현도관

紫陌紅塵拂面來
無人不道看花回
玄都觀裏桃千樹
盡是劉郎去後栽

장안 거리의 붉은 먼지 얼굴을 스치는데
꽃구경하고 온다고 말하지 않는 이가 없네.
현도관에 심은 천 그루의 복숭아나무는
모두 유랑이 떠난 뒤 심은 것이구나.

유우석은 중국 당나라의 시인이자 정치가로 자는 몽득夢得이다.

당 덕종 연간에 진사가 되고 이어 박학굉사과博學宏詞科에 급제하여 두우杜佑의 막료가 되었다. 왕숙문王叔文의 정치 개혁에 감찰어사로서 참여하였다가 곧 실각하여 낭주의 사마로 좌천되었는데 이때 막역한 사이였던 유종원도 영주로 밀려났다.

지방 생활 10여 년 만에 장안으로 불려왔지만 이 시로 인하여 다시 연주자사로 좌천되어 지방을 전전하다가 14년 뒤 배도의 도움으로 중앙으로 와 태자빈객, 검교예부상서 등을 지냈다. 그러나 「재유현도관再遊玄都觀」이란 시가 빌미가 되어 3년 만에 다시 지방으로 밀려났다. 백거이와 가까이 지내면서 유백劉白으로 불렸고, 명문으로 널리 알려진 「누실명陋室銘」「오의항烏衣巷」「죽지사竹枝詞」 등 많은 뛰어난 시문을 남겼다.

이 시는 이른바 필화를 일으킨 시로 널리 알려져 있다. 유우석이 왕숙문의 실각에 따라 지방을 전전하다가 중앙 정계에 복귀한 후 장안에 있는 유명한 도교사원인 현도관에 꽃구경을 갔다가 이 시를 지었는데, 당시 실력자들이 이 시에 권력자들에 대한 풍자의 뜻이 담겨 있다고 문제를 삼아 그를 다시 지방으로 쫓아낸 것이다.

더 황당한 것은 이렇게 지방을 전전하다가 14년 만에 다시 장안으로 불려와 현도관을 찾았다가 예전에 무성했던 복숭아나무는 모두 없어지고 채소 꽃만 가득 피어 있는 것을 보고 「재유현도관」을 지었는데, 이 시로 인해 또다시 지방으로 좌천되는 운명에 처했다.

다음은 「재유현도관」의 전문이다.

百畝庭中半是苔　현도관 넓은 뜰엔 이끼가 태반
桃花淨盡菜花開　복숭아꽃은 모두 없어지고 채소 꽃만 피었구나.
種桃道士歸何處　복숭아나무 심던 도사는 어디로 갔는가
前度劉郎今又來　지난번의 유랑이 이제 또 왔는데.

柳得恭 유득공

松京雜絶 송경잡절

荒凉二十八王陵
風雨季季暗漆燈
進鳳山中紅躑躅
春來猶自發層層

황량하구나 스물여덟 고려 왕릉이여
해마다 비바람 속 옻칠한 등만 깜깜한데
진봉산 속의 붉은 철쭉꽃은
봄이 오면 여전히 층층이 피어나네.

유득공은 조선 정조 때의 실학자로 자는 혜풍惠風, 호는 영재冷齋이다. 진사시에 합격한 후 규장각 검서檢書가 되었고, 풍천도호부사 등을 지냈으며, 시문에 뛰어났다. 두 차례에 걸쳐 연행燕行하고 돌아왔으며, 자신이 본 문물과 경험에 다양하게 섭렵한 국내외의 자료를 토대로 여러 분야에 걸쳐 괄목할 만한 저서를 남겼다. 주요 저서로는 『영재시초冷齋詩抄』 『발해고渤海考』 등이 있다.

특히 『발해고』는 한반도 중심의 역사 서술에서 벗어나 발해를 우리의 역사에 최초로 포함시킨 책으로 후대 역사가들의 발해사 연구에 중요한 밑거름이 되었다.

이 시는 단군의 왕검성에서 고려시대 송도에 이르기까지 21개의 왕도를 읊은 회고시 「이십일도회고시二十一都懷古詩」 중 하나로 고려의 수도 개성이 배경이다. 이 회고시는 다산 정약용으로부터 "세상에 명성을 얻을 수 있고 후세에 남길 만한 작품名世而 傳後"으로 극찬을 받았으며, 작품집도 중국 사람이 판각하여 발행했다고 한다.

황량한 스물여덟 개 고려 왕릉 앞에는 해마다 비바람 속에 옻칠한 등만 깜깜한데, 이런 사정과는 아랑곳하지 않고 근처 진봉산에는 봄이 오면 붉은 철쭉이 층층이 피어난다. 인간은 간다. 아무리 발버둥 쳐도 채 100년이 못 되어 간다. 그러니 너무 아등바등하지 마라. 인간이 간 뒤에도 그 철쭉은 그대로 남아 봄이 되면 꽃을 피울 것이다.

참으로 무상하다. 권력 무상을 넘어 인간 무상이다. 무상을 먼저 깨우칠 수 있다면…… 지구는 비겠지.

현도관에 심은 천 그루의 복숭아나무는
모두 유랑이 떠난 뒤 심은 것이구나.

玄都觀裏桃千樹
盡是劉郞去後裁

宋翼弼 송익필
山行산행

山行忘坐坐忘行
歇馬松陰聽水聲
後我幾人先我去
各歸其止又何爭

산을 가다 쉬는 것을 잊고 앉아서는 걷는 것을 잊어
소나무 그늘 아래 말을 세우고 물소리를 듣네.
내 뒤에 온 몇 사람이 나를 앞서갔는가?
각자 그칠 곳으로 돌아갈 텐데 어찌 또 다투는가?

송익필은 조선 선조 때의 학자로 자는 운장雲長, 호는 구봉龜峯이다.

구봉은 서얼 출신인데다가 부친의 죄로 인해 출셋길이 막히자 과거를 단념하고 학문을 닦으며 후진을 가르쳤다. 그러나 현실 참여 욕구가 강하고 지략도 있어 뒤에서 모사와 고변을 무기로 당쟁을 이끌고 조종했다는 비판에서 자유롭지 못했다. 그 스스로도 변신과 잠복, 도망과 유배 등을 반복하면서 불우하게 살다가 죽었다.

이이, 성혼 등과 교류했으며 김집, 김장생 등을 가르쳤다. 삶은 비참했지만 그의 시는 고아한 기품과 심오한 이치, 그리고 수양의 기운이 풍겨 나와 천명에 순응했다는 평을 들었다.

이 시는 산길을 가던 중의 느낌을 빌려 당시 성행한 당쟁의 문제점과 폐해를 지적하고 있다.

산길을 가다가 쉬는 것을 잊고, 쉬다가는 가는 것을 잊고, 소나무 그늘 아래에서 물소리를 들으며 세상의 번뇌를 잊는다. 내가 쉬고 있을 때 나를 앞질러 간 사람이 몇이나 될까. 이 좋은 곳에서 함께 쉬면 좋을 텐데 그냥 앞질러 가면 어디로 가는가. 그렇게 급하게 간다고 하여 어디까지 가겠는가. 그의 시 「망월望月」에서 "서른 밤 가운데 오직 하룻밤만 둥글거니 평생 마음먹은 일도 이와 같다三十夜中圓一夜 百年心事摠如斯"고 한 것처럼, 그의 삶의 궤적에 비추어 보면 시에서 토로한 안타까움은 단순히 노래가 아니라 절규이다.

李崇仁 이숭인

過淮陰有感漂母事과회음유감표모사

一飯王孫感慨多
不須菹醢竟如何
孤墳千載精靈在
笑煞高皇猛士歌

왕손에게 한 끼 밥을 주어 감개 많긴 하였으나
처형될 줄 모른 것까지야 어찌하리.
외로운 무덤 천 년 뒤에도 정령은 있을 테니
한 고조의 「맹사가」를 비웃으리.

이숭인은 고려 말기의 학자로 자는 자안子安, 호는 도은陶隱이다. 이색의 문하에서 수학했으며 문재가 뛰어났다. 친명파로서 정치적 격변기에 친원파에 의해 배척되어 자주 유배길에 올랐다. 그러나 친명파인 정몽주가 피살되자 다시 정몽주파로 몰려 정도전 등에 의해 죽임을 당했다. 이방원이 즉위 후 이조판서를 증직하고 '문충'이라는 시호를 내렸다.

그는 문사文士로서 국내외에 이름을 떨쳤고 시 역시 후대에 높은 평가를 받았다. 목은, 포은과 더불어 고려 말의 삼은으로 일컬어진다.

이 시는 한 고조에 의해 토사구팽을 당한 한신의 처지를 슬퍼하면서 한 고조를 비판하는 내용이다.

표모漂母(빨래하는 노파)가 한신의 인물됨을 알고 한 끼 밥을 주었으나 처형당할 것까지야 어떻게 알았겠는가. 그러나 맹사猛士를 얻어 나라를 세우고 맹사로 하여금 나라를 지키게 하겠다고 호언한 고조가 오히려 맹사를 버렸으니 일개 표모일망정 혼령이라도 남아서 유방을 비웃을 것이다. 처음부터 한신을 버린 항우나, 써먹고 버린 유방이나 모두 이 표모보다 못하다. 표모가 설마 잘되었을 때의 대가를 생각하고 한 끼 밥을 주었겠는가.

도은의 죽음과 관련된 일화이다. 도은은 삼봉 정도전과 함께 목은에게 배웠는데, 하루는 목은이 도은이 지은 「명호도嗚呼島」란 시를 보고 크게 칭찬했다. 며칠 뒤 삼봉 역시 「명호도」를 지어 목은에게 보였다. 목은이 이를 보고는 '좋은 작품이고 잘 지었다, 그렇지만 도은의 시 같은 것은 많이 얻기 어려울 것'이라고 말했다. 삼봉이 권세를 쥐었을 때 도은은 삼봉의 심복인 황거정에게 피살되었다. 사람들은 「명호도」가 빌미가 되었을 것이라고 말했다(서거정의 『동인시화』 중에서). 참고로 도은이 지은 「명호도」의 일부를 덧붙인다. 마치 그들의 장래를 예측한 것 같아 섬뜩하다.

君不見　　　　　그대는 보지 못했는가
古今多少輕薄兒　고금의 수많은 경박한 소인들이
朝爲同袍暮仇敵　아침엔 친구였다가 저녁엔 원수되는 것을.

李煜 이욱
虞美人 우미인

春花秋月何時了　　往事知多少
小樓昨夜又東風　　故國不堪回首月明中
雕欄玉砌應猶在　　只是朱顔改
問君都有幾多愁　　恰似一江春水向東流

봄꽃과 가을달도 언젠가 지겠지
지난 일을 아는 이가 몇이나 될까.
작은 다락엔 어젯밤 동풍이 또 불었는데
밝은 달 아래 차마 고국을 돌아볼 수 없네.
붉은 난간 옥섬돌이야 여전하겠지만
다만 미인의 얼굴은 변했겠지.
그대에게 묻노니 아직도 얼마나 더 슬픈 일이 있으려나
마치 한 줄기 봄의 강물이 동으로 흘러가는 것 같네.

이욱은 중국 오대십국시대 남당南唐의 마지막 왕으로 자는 중광重光, 호는 종은鍾隱이다.

역사적으로 이후주李後主라고 불리는 그는 운명적으로 황제의 자리에 올라 송宋에 신하의 예를 다하는 가운데 국세가 헤아릴 수 없이 기울어 가는데도 매일 연회를 베푸는 등 방탕한 생활로 15년간 재위하다가 송이 금릉(지금의 난징)을 점령하자 항복했다. 이후 북송의 수도였던 변경(지금의 허난성 카이펑)으로 끌려와 3년 동안 굴욕적인 구금 생활을 하다가 결국 송 태종 조광의에 의해 사사되었다. 그는 처음부터 황제의 자리에 관심이 없었고, 황제가 그의 성격에 맞지도 않았으며, 게다가 유약했다. 나라가 패망해도, 굴욕적인 구금생활을 해도, 더 나아가 그의 애첩이 조광의에 의해 유린당하는 등의 치욕을 당해도 어쩌지 못하고 술과 시로 버티다가 결국 독살당했다.

그나마 그가 지은 사詞에 대한 사람들의 사랑과 문학적 평가가 높은 점은 위안이 될 듯하다. 특히 예인의 노래에 지나지 않았던 사를 지식인의 문학으로 고양시켰다는 평가를 받았는데, 이것은 그가 황제였던 점도 한몫했을 것이다.

이 사는 절명시로서 그가 죽기 직전에 쓴 것이다. 이 사를 쓴 날은 그의 생일인 칠월칠석날이었다. 그날 저녁 그는 포로 신분이었지만 생일이어서 연회를 열고는 이 사를 짓고 곡을 붙여 가기歌妓들로 하여금 노래를 부르게 했다. 그런데 난데없이 이렇게 슬픈 노랫소리가 궁중에 울려 퍼지자 송 태종이 이를 듣고는 불길한 노래라고 생각하여 그를 독살한 것이다.

이욱은 이 사에서 항우가 적에 포위되었을 때 춤을 추며 자결하여 항우로 하여금 결사항전케 한 우미인을 빌려 자신의 심정을 드러내고 있다. '얼마나 참담한 일이 더 생기려나, 장강이 동쪽으로 흘러가는 것과 같네.' 그럼에도 마냥 버틴 그가 참으로 애처롭다.

林椿 임춘

書懷 서회

詩人自古以詩窮
願我爲詩亦未工
何事年來窮到骨
長飢却似杜陵翁

시인들은 예부터 시로 궁했다지만
나를 돌이켜 보니 시 짓는 일도 뛰어나지 못했네.
무슨 일로 몇 년간 곤궁이 뼛속까지 사무칠까
오래 굶주리긴 두보와 비슷하구나.

임춘은 고려 인종 때의 문인으로 자는 기지耆之, 호는 서하西河이다. 강좌
칠현江左七賢(고려 후기에 명리名利를 떠나 사귀던 일곱 선비, 즉 이인로, 오세재, 임
춘, 조통, 황보항, 함순, 이담지를 일컫는다. 중국 진나라 때의 죽림칠현에 상대하여 이
르는 말)의 한 사람으로, 한문과 당시唐詩에 뛰어났다.

임춘은 고려 개국공신의 자손으로 귀족 사회인 고려에서 정치·경제적
으로 상당한 지분을 가지고 있었으나 1170년 무신난이 일어나면서 가문
이 몰락하고 그는 겨우 목숨을 건졌다. 이후 개성 근처에서 숨어 지내면서
여러 차례 재기를 노렸으나 성공하지 못했고 결국 실의와 곤궁 속에서 방
황하다가 요절했다.

저서에 『서하 선생집』이 있고, 가전체 문학의 효시라 할 수 있는 「국순
전」과 「공방전」을 남겼다.

이 시는 실의와 곤궁 속에서 시로나마 위로를 받고 살아가는 임춘 자
신의 처지를 노래하고 있다. 예로부터 시인들은 시 때문에 곤궁하다고 했
는데 나는 곤궁하면서도 시 또한 잘 짓지 못한다. 무슨 일로 오랫동안 이
렇게 곤궁할까. 두보와 내 처지가 비슷하구나.

그래도 대단한 자부심이다. 가난이 두보와 비슷한 게 아니라 시가 더
비슷함을 외치고 있는 것이다.

徐渭 서위

「墨葡萄圖[묵포도도]」의 제화시

半生落魄已成翁
獨立書齋嘯晚風
筆底明珠無處賣
閑抛閑擲野藤中

불우한 반평생 끝에 이미 늙은이되어
서재에 홀로 서서 저녁 풍경을 읊조려 본다.
그린 명주는 팔 곳이 없어
내키는 대로 덤불 속에 던져진다.

중국 명나라 때의 문인화가인 서위는 기이한 것을 좋아하고 매이기를 싫어했으며 오만하고 독특했다. 어려서 고아가 되었으며, 똑똑했지만 과거에 여러 차례 낙방했다. 아홉 번이나 자살을 시도했다고 하며 미친 상태에서 아내를 죽여 감옥살이를 하기도 했고 10여 년 동안 곡기를 끊고 지내기도 했다. 그의 불우한 인생 역정이나 비참한 신세, 정신적인 고통은 역사상으로도 보기 드문 경우이다.

그를 보면 빈센트 반 고흐가 떠오른다. 고흐는 동거하던 화가 고갱과의 갈등으로 자신의 왼쪽 귀를 잘랐고, 사랑하는 여인을 만나게 해달라며 자신의 손을 태웠으며, 수차례 발작으로 정신병원에 입원했다가 결국에는 배에 권총을 쏘아 자살했는데, 그 과정을 거치면서 보여 준 그림에 있어서의 천재성이 특히 그런 느낌을 갖게 한다.

서위는 이런 모든 고통을 창작에 쏟아 시·서·화에 뛰어난 재능을 보였다. 저 유명한 정판교鄭板橋나 제백석齊白石이 그를 흠모하여 스스로 인장에 '청등문하의 주구靑藤門下走狗'라고 새겨 사용한 것만 보아도 그의 재능이 얼마나 뛰어났는지를 알 수 있다. 그 스스로는 서예가 제일, 시가 제이, 문장이 제삼, 그림이 제사라고 말하였다고 하며, 서는 초서에 능했고 그림은 화훼화에 특히 뛰어났다.

이 시는 서위가 감옥을 나온 후 금릉을 유랑하며 시·서·화로 생계를 삼아 곤궁하게 지낼 때의 처지를 읊은 것이다. 명주 같은 사람이지만 알아주는 이가 없어 덤불 속으로 함부로 버려지는 자신의 처지를 이야기하고 있다.

특히 이 시를 제사題詞로 쓴 그림을 보면 이런 그의 처지와 심경을 이해하기 어렵지 않다. 능력이 있음에도 등용되지 못한 것이나 세상의 불합리에 대한 증오, 대자연에 대한 애정 등이 그림의 구도와 용필, 그리고 시와의 배합에서 뚜렷하게 드러나고 있다. 그의 그림은 워낙 개성이 강하여 조금만 주의를 기울이면 쉽게 알아볼 수 있다고 한다.

元天錫 _{원천석}

改新國號 爲朝鮮二首 개신국호 위조선이수

王家事業便成塵
依舊山河國號新
雲物不隨人事變
尙令閑客暗傷神

왕씨 집안 사업이 문득 티끌이 되었네.
산하는 예와 같은데 나라 이름 새롭구나.
풍광만은 사람 일 따라 변하지 아니하여
오히려 한가로운 나그네로 하여금 몰래 시름겹게 하네.

원천석은 고려 말기에 학문으로 이름을 날렸으나 애초부터 관직에 나가는 것을 단념한 채 농사를 지으며 평생을 은사로 지냈다.

이방원을 가르친 적이 있어 그가 즉위 후 여러 차례 불렀으나 나아가지 않았고, 이방원이 세종에게 왕위를 물려주고 나서야 한양으로 가서 만났다고 한다.

비록 평생을 초야에 묻혀 지냈으나 왕조 교체기의 역사적 사실과 그 감회를 '시사詩史'라는 제목하에 천 편이 넘는 시를 써서 남겼다. 특히 그가 지은 '9월 15일(1389)에 정창군(공양왕)을 왕위에 세우고 전왕 부자인 우왕과 창왕을 신돈의 자식이라면서 폐하여 서인으로 삼은 것을 읊은' 시(「聞今月十五日 國家以定昌君立王位 前王父子 以爲辛旽子孫 癈爲庶人 二首」)는 그의 역사 인식과 기개, 그리고 그가 은둔할 수밖에 없음을 말해 준다.

우왕과 창왕이 어찌 왕씨 혈통이 아니겠는가? 만약 그렇다면 그때에 진위를 가려 등극 자체를 막았어야지 이제 와서 실제는 권력 다툼을 하면서 마치 정통을 세우는 것처럼 꾸며 한 나라의 왕을 아무렇게나 쫓아내니 어찌 나라가 제대로 서겠는가.

이 시는 조선이라는 국호가 정해진 다음 해(1394)에 지은 것이라고 한다. 왕씨가 베푼 정책이 끝나고 국호가 바뀌었는데도 산하는 과거와 다르지 않다. 사람의 일이 변하는데도 자연의 풍광은 따라 변하지 않으니 아무리 무심한 나그네일지라도 그저 시름겹다. '시름겹지만 몰래暗' 시름겹다고 표현한 것에서 과도기를 사는 지식인의 삶을 엿볼 수 있다고 한다면 지나친 해석일까.

鄭道傳 정도전
訪金居士野居 방김거사야거

秋陰漠漠四山空
落葉無聲滿地紅
立馬溪橋問歸路
不知身在畫圖中

가을 그늘 침침하고 사방 산은 비었는데
지는 잎은 소리 없이 땅에 가득 붉구나.
시내 위 다리에 말 세우고 갈 길을 묻노라니
이 몸이 그림 속에 있는 줄을 모르네.

❖
蒼茫歲月一株松　　아득한 세월에 한 그루 소나무
生長靑山幾萬重　　푸른 산 몇만 겹 속에 자랐구나.
好在他年相見否　　잘 있다가 다른 해에 서로 볼 수 있을까
人間俯仰便陳跡　　인간을 굽어보며 묵은 자취를 남겼구나.

삼봉三峯 정도전은 고려에서 조선으로의 교체기에 뛰어난 정치력으로 새 왕조를 설계한 인물이다. 그러나 정작 자신이 꿈꾸던 이상 세계는 실현하지도 못하고 오히려 정적의 칼에 단죄되어, 조선 왕조 말기 대원군이 경복궁을 복원할 때 경복궁 설계의 공을 인정받아 겨우 신원되는, 극에서 극으로 달리는 삶을 살았다.

정도전은 이성계가 자신의 꿈을 실현해 줄 수 있는 인물임을 확신하고 (이때 그는 이를 시를 써서 남겼다.❖) 그를 추대한 후 새 왕조를 이끌 물적, 인적 인프라를 완성하는 데 온 힘을 쏟았다.

'한 고조가 장자방을 이용한 게 아니라 장자방이 한 고조를 이용한 것이다'라고 말하며 거대한 야망의 실현에 나선 그가 조선 건국에 공이 크고 보다 더 적통이 있어 보이는 신의왕후 소생을 무시하고 신덕왕후의 어린 아들을 세자로 책봉하게 한 저의는 무엇이었을까. 이 선택은 그들은 물론 그의 목숨까지 빼앗아 가게 만들었는데, 왕권과 신권의 조화를 통한 왕도정치의 이상론과 강력한 왕권에 기초한 왕조 국가의 현실론 사이의 다툼이라는 설명만으로는 무언가 허전한 감을 지우기 어렵다. 현실이 없는 이상은 존재할 수 없음을 누구보다 잘 알고 있었던 그, 장자방이라고 자처한 그가 아니었던가.

이 시는 시골에 은거하고 있는 김 거사를 찾아가는 도중의 가을 경치를 읊은 것이다. 단풍 든 나뭇잎들이 떨어져 땅바닥에 나뒹구는 가운데 짧은 해마저 이미 기울어 금시 사방이 어둑어둑하다. 문득 자신이 어디 있는지 살피니 그림 속에 있구나. 생명 현상이 다 사라진 그림 속에 있는 그를 통해 하늘이 순간적으로나마 그의 천명을 보여 주었는데……. 온통 새로운 나라 건설에 흥분해 있던 그였으니 어찌 이를 눈치챌 수 있었겠는가. 제행諸行이 무상無常하거늘 그것이 자연 현상이든, 새로운 나라 건설이든 다를 바가 있겠는가.

鄭夢周 정몽주

春춘

春雨細不滴
夜中微有聲
雪盡南溪漲
多少草芽生

봄비 가늘어 방울 짓지 않더니
밤이 되니 소록소록 소리 내네.
눈 녹아 남쪽 시내 불어날 것이고
어느 정도 풀싹은 돋아나겠지.

정몽주는 고려 말기의 충신이자 유학자로 자는 달가達可, 호는 포은圃隱이다. 과거에 연이어 장원을 하였으며 이색의 문하에서 수학했다. 오부학당과 향교를 세워 후진을 가르치고, 유학을 진흥하여 성리학의 기초를 닦았다. 원·명 교체기에 명나라와의 외교 문제를 깔끔하게 해결했으며 왜국과의 관계에도 큰 공을 세웠다.

그는 친명파로서 이성계, 정도전 등과 의견을 같이하여 창왕을 폐하고 공양왕을 옹립했다. 그러나 이성계를 왕으로 세우는 이른바 역성혁명易姓革命은 분명히 반대하여 서로 정적이 되었다. 부상당한 이성계의 병문안을 위해 만난 이방원과 정몽주가 그 유명한 「하여가」와 「단심가」로 서로의 의중을 교환한 후 정몽주를 살려 둘 수 없다고 생각한 이방원이 조영규를 시켜 병문안을 마치고 돌아가는 정몽주를 선죽교에서 피살했다. 그러나 조선 개창 후 이방원은 정몽주를 영의정에 추증하고 '문충'이라는 시호를 내렸다.

정몽주의 마지막은 이해하기가 쉽지 않다. 그는 이성계가 낙마하여 부상당하자 바로 이성계 세력을 제거하는 작전에 들어갔다. 이로 인하여 상대가 극도로 긴장해 있던 상황에서 그는 아무런 대비도 없이 단신으로 병문안을 갔고, 돌아오는 길에 피살되었다. 왜 이런 일이 일어난 것일까. 그들은 동지였지만 사실은 서로를 너무 몰랐던 것이 아닐까. 아니면 나라의 안위가 개인의 생명보다 더 중요하다고 생각해서일까. 설마 권력을 탐하여? 정몽주는 이성계 부자를 설득하면 고려 왕실은 그대로 둘 것으로 생각했고, 그렇게 하진 않더라도 설마 자신을 죽이기까지야 하겠느냐고 생각했을 것이다.

포은의 처지를 딱하게 여긴 어느 스님이 "강남 만 리에 들꽃이 만발했으니 봄바람 부는 어느 곳인들 좋은 산 아니겠소江南萬里野花發 何處春風不好山"라면서 피신을 종용했다는 이야기도 전해 오고 있지만 확신에 사로잡혀 일을 하고 있는데 이런 이야기가 귀에 들어오겠는가!

산 자는 나라를 얻었고 죽은 자는 명예를 얻었으니 역사는 공평한 것인가!

이 시는 비 내리는 봄밤의 모습을 그리고 있다.

가늘게 내리던 봄비가 고요한 밤이 되니 제법 큰 소리로 내린다. 눈도 녹고 물은 불어나고 그러면 새싹이 돋겠지. 점진적 개혁을 주장한 그의 염원을 담은 시 같다. 조금씩, 조금씩, 조용히, 조용히 하다 보면 점차 세가 되고 큰 힘이 되어 사회를 변화시키고 나라를 안정시키겠지. 그런데 그때까지 사람들이 믿고 기다려 줄까.

이 시를 중국 맹호연孟浩然의 시 「춘효春曉」와 대비시키는 사람들이 많다. 굳이 비교하자면 똑같이 비 내리는 봄밤이지만 맹호연은 지난밤에 일어났던 상황에 대한 기술이고 정몽주는 앞으로 일어날 상황에 대한 기대이다.

丁若鏞 정약용

哀絶陽 애절양

蘆田少婦哭聲長　　哭向縣門號穹蒼
夫征不復尙可有　　自古未聞男絶陽

舅喪已縞兒未澡　　三代名簽在軍保
薄言往愬虎守閽　　里正咆哮牛去皁

磨刀入房血滿席　　自恨生兒遭窘厄
蠶室淫刑豈有辜　　閩囝去勢良亦慽

生生之理天所予　　乾道成男坤道女
騸馬豶豕猶云悲　　況乃生民思繼序

豪家終歲奏管弦　　粒米寸帛無所捐
均吾赤子何厚薄　　客窓重誦鳲鳩篇

갈밭마을 젊은 아낙 통곡 소리 그칠 줄 모르고
관청 문을 향해 울부짖다 하늘 보고 호소하네.
전쟁 나간 남편이 못 돌아오는 수는 있어도
예부터 남자가 생식기를 잘랐단 말 들어 보지 못했네.

시아버지 상에 이미 상복 입었고 애는 아직 배냇물도 안 말랐는데
조부부터 손자까지 삼대가 군적에 실렸네.
급하게 가서 호소해도 문지기는 호랑이요
향관은 으르렁대며 마구간 소 몰아가네.

칼을 갈아 방에 들자 자리에는 피가 가득
자식 낳아 군액당했다고 한스러워 그랬다네.
무슨 죄가 있어서 잠실음형당했던가?
민땅 자식들 거세한 것 진정 또한 슬픈 일이네.

자식 낳고 사는 건 하늘이 내린 이치
하늘의 도는 아들 되고 땅의 도는 딸이 되지.
불깐 말 불깐 돼지도 서럽다 할 것인데
하물며 뒤를 잇는 사람에 있어서야.

부호들은 일 년 내내 풍악이나 즐기면서
낟알 한 톨 비단 한 치 바치는 일 없는데
같은 백성인데 왜 이리도 차별하는가?
객창에서 거듭거듭 시구편만 외우네.

다산茶山 정약용은 4세에 천자문을 익혔고, 28세에 대과에서 2등으로 합격하여 벼슬길로 들어섰다. 정조가 즉위하면서 최측근이 되어 교리, 부승지 등으로 승승장구했으며 배다리 및 수원성 설계, 『마과회통』『목민심서』『흠흠신서』『경세유표』를 쓰는 등 여러 방면에서 뛰어난 업적을 남긴 이상적인 관료였다. 그러나 정조가 죽자 벼슬길도 막혀 정조가 승하한 다음 해(1801) 신유사화가 일어나면서 18년에 걸친 긴 유배 생활이 시작되었다.

다산의 뛰어난 점은 유배 생활 중이든 해배 후든 잠시도 쉬지 않고 부국강병과 백성을 위하여 끊임없이 노력하면서 수많은 저술을 통하여 자기 시대의 문제점을 정확하게 진단하고 그에 대한 개혁 방향을 제시하였다는 점이다. 그는 실학사상을 집대성한 한국 최고의 실학자이자 개혁가로 일컬어지고 있다.

이 시는 당시 군정軍政의 심각한 문란으로 자신의 양근陽根을 끊은 어느 백성의 이야기를 고발하고 있다. 다산은 『목민심서』「첨정簽丁」에서 다음과 같이 말한다.

"이 시는 가경 계해년(1803) 가을 내가 강진에 있으면서 지은 것이다. 그때 갈밭에 사는 백성이 아이를 낳은 지 사흘 만에 군정에 편입되고 이정里正이 와 소를 끌고 가니, 그 백성이 칼을 뽑아 자신의 양경陽莖을 스스로 자르면서 '내가 이것 때문에 곤액困厄을 받는다'고 하였다. 그 처가 양경을 가지고 관청에 가서 피가 뚝뚝 떨어지는데 울기도 하고 하소연도 하였으나 문지기가 막아 버렸다. 내가 듣고 이 시를 지었다. 요즘 피폐한 마을의 가난한 집에는 아기를 낳기가 무섭게 홍첩紅帖이 이미 와 있다. 음양의 이치는 하늘이 부여한 것이니 정교하지 아니할 수 없고 정교하면 낳게 되어 있는데 낳기만 하면 반드시 병적에 올려서 이 땅의 부모 된 자로 하여금 천지의 생생지리生生之理를 원망하게 하여 집집마다 탄식하고 울부짖게 하니 나라의 무법함이 어찌 여기까지 이를 수 있겠는가國之無法, 一何至此." 그러고는 이렇게 결론을 내린다. "이 법을 바꾸지 아니하면 백성들은 모두 죽고 말 것이다此法不改 而民盡劉矣."

行忘坐坐忘行山
聲水聽陰松馬歇

산을 가다 쉬는 것을 잊고 앉아서는 걷는 것을 잊어
소나무 그늘 아래 말을 세우고 물소리를 듣네.

趙光祖 조광조
絶命詩 절명시

愛君如愛父
憂國如憂家
白日臨下土
昭昭照丹衷

임금을 아비처럼 사랑하고
나라를 집안처럼 걱정하였네.
밝은 해가 아래 땅을 내려다보니
충심忠心을 환히 비춰 주겠지.

❖
臨死絶命詩 임사절명시

擊鼓催人命   북을 울리며 목숨을 재촉하는데
回頭日欲斜   고개를 돌려 보니 해가 지려 하는구나.
黃泉無一店   황천길에는 주막 하나 없다는데
今夜宿誰家   오늘 밤에는 누구 집에서 자고 갈까.

조광조는 조선 중종 때의 문신이자 성리학자로 자는 효직孝直, 호는 정암靜菴이다. 그는 유배 중이던 김굉필로부터 학문을 배워 사림의 맥을 이었고, 사마시에 장원으로 합격했다. 문과를 거쳐 조지서造紙署 사지司紙를 시작으로 관직에 나서면서 향약과 주자가례를 보급하고 미신을 혁파하게 하는 등 사회개혁에 몰두했다. 더불어 현량과를 실시하고 기득권층의 위훈 삭제를 주장하는 등 자신을 따르던 사람들과 함께 도학정치를 실현하고자 정치개혁에도 온몸을 던졌다.

그러나 그를 포함한 그의 동지들은 아직은 젊은이들로서 학문이 충분히 성숙하지 않은 상태에서 실천에만 급급하여 상황을 너무 단순하게 재단했고, 개혁의 칼만 지나치게 날카롭게 갈아 그것도 앞만 보고 과격하게 휘둘렀다. 명분에만 사로잡혀 상대를 얕보다가 오히려 상대의 그물에 걸려 변변히 대항도 못한 채 자신들의 목숨을 내놓아야 했으며, 더 나아가 겨우 일어나던 개혁의 기운마저 동력을 잃게 만들었다.

이이는 "옛사람들은 학문이 이루어진 뒤에나 이론을 실천했는데 그는 학문이 채 이루어지기 전에 정치 일선에 나간 결과 개혁을 이루지도 못한 채 몸도 죽고 나라를 어지럽게 했다"면서 "후세 사람들에게 경계가 될 것이다"라고 했다(『석담일기』). 사후에 신원되어 영의정에 추증되고 문묘에 배향되었으며 '문정'이라는 시호를 받았다.

시대를 이끌 수 있는 개혁을 제대로 이루기 위해서는 어떻게 준비해야 하는지를 목숨을 바쳐 보여 준 것이 이 사나이 삶의 교훈이라면 교훈일 것이다. 그래도 이 시는 당당하다. 아니, 그의 죽음도 당당했다. 어떤 변명도, 주저도 없었다. 그는 천도天道를, 순천順天의 길을 알고 있었다.

널리 알려진 성삼문의 「임사절명시臨死絶命詩」✦ 역시 문천상의 시와 비교하더라도 조금도 뒤지지 않고 당당하다.

이런 힘이 있었으니 조선을 500년이나 끌고 갔을 것이다.

曹松 조송
己亥歲 기해세

澤國江山入戰圖
生民何計樂樵蘇
憑君莫話封侯事
一將功成萬骨枯

물 많은 이 고장에 전란이 들었으니
백성들이 무슨 수로 나무하고 풀 베는 것을 즐기랴.
그대에게 부탁하노니 후侯를 봉하는 일은 꺼내지 말라
한 장수가 공을 세우려면 만백성의 백골이 뒹구는 것을.

조송은 당나라 말기의 시인으로 어릴 때부터 집안이 가난하여 평생 어렵게 지냈다. 70세가 되어서야 겨우 진사시에 합격하여 교서랑을 지냈다. 생몰년이 미상이다.

이 시는 당말에 황소가 난을 일으킨 해에 지은 것이라고 한다. 황소가 난을 일으켜 장강을 건너 북상했으나 곧 관군에 밀려 강동으로 달아났다. 그러나 관군은 반군을 추격하여 섬멸할 방책은 세우지 않은 채 오히려 공을 기다리며 미적미적했다. 공을 세워야 관작을 받을 것이고, 공을 세우려면 만백성이 죽어 나갈 수밖에 없다. 특히 강소성과 절강성 일대의 물 많은 곡창 지역을 전쟁으로 끌어들였으니 무슨 수로 백성들이 즐겁게 생업에 종사할 수 있겠는가?

조송은 이 시에서 고병高駢이 황소의 난을 진압한 일을 통해 장수 한 사람이 일신의 영달을 위해 수많은 백성의 목숨을 희생시키는 것에 대하여 통렬하게 비판하고 있다. 전쟁이란 귀족들이나 하는 일이라고 말하지 마라. 전쟁에 공을 세워 제후가 되기 위해서는 얼마나 많은 민초의 희생이 뒤따른다는 것을 알기나 하는가? 한 사람의 장수가 공을 세우려면 만백성이 죽어 백골이 되어야 하는 것을.

金富軾 김부식
結綺宮 결기궁

堯階三尺卑　　千載餘其德
秦城萬里長　　二世失其國
古今青史中　　可以爲觀式
隋皇何不思　　土石竭人力

요임금의 섬돌은 석 자밖에 안 되었지만
오랜 세월 그 덕이 남아 있네.
진나라의 성은 만 리나 되었지만
겨우 아들 때에 그 나라를 잃었네.
고금의 역사 속에서
거울로 삼을 수 있으니
수나라 양제는 어찌 생각도 없이
토목 공사로 백성의 힘을 말렸는가.

❖
河懷古其二 하회고기이

盡道隋亡爲此河　　수나라는 이 운하 때문에 망했다고 모두 말하지만
至今千里賴通波　　지금은 천 리가 운하로 통하네.
若無水殿龍舟事　　수양제에게 호화로운 뱃놀이만 없었던들
共禹論功不較多　　우임금과 공을 다투어도 뒤지지 않을 텐데.

뇌천雷川 김부식은 신라 무열왕의 후손으로, 22세에 과거에 합격한 뒤 안서대도호부의 사록을 시작으로 직한림, 추밀원사, 중서시랑평장사 등 고위직을 두루 거쳤다. 그의 아버지는 그가 최고의 문장가로 입신양명하길 바라는 뜻에서 중국 소동파 형제의 이름자를 따 그의 형제의 이름을 지었다고 하며, 4형제가 모두 과거에 합격하여 그의 어머니가 왕으로부터 크게 상을 받았다고 한다. 김부식은 아버지의 뜻대로 학문에 깊이 천착하였고 특히 42세 때 송나라에 사신으로 가서 돌아올 때 송나라 휘종으로부터 『자치통감資治通鑑』 한 질을 선물로 받아왔는데, 이것이 『삼국사기』를 쓴 중요한 계기가 되었다. 단재 신채호가 '조선 일천 년 역사상 제일 대사건'이라고 칭한 묘청의 난이 일어나자 원수元帥가 되어 진압에 나섰으며, 서경으로 가기 전 개경에 있던 동조 세력인 정지상 등을 먼저 죽였다. 서경파와의 예봉을 꺾기 위해서는 불가피한 선택이었겠지만, 『고려사』에서 "정지상의 문장 실력을 시기하여 먼저 죽였다"라고 기술한 이래 수많은 이야기가 만들어져 두고두고 그를 폄하하게 했다.

김부식은 난을 진압한 후 벼슬이 더 크게 올랐으며 "박학강식博學强識해 글을 잘 짓고 고금古今을 잘 알아 학사들의 신복을 받으니 그보다 위에 설 수 있는 사람이 없었다"(『고려도경』)라는 평을 받았다. 관직에서 물러난 후 왕명으로 『삼국사기』를 편찬하였으며 만년에는 불교 수행에 매진했다.

이 시는 김부식의 역사관과 사상을 잘 보여 준다. 진나라와 수나라 황제의 행적을 통하여 임금이 어떻게 나라를 다스리고 백성을 보살펴야 하는지를 이야기한다. 만리장성 축조로 나라가 망하고 대운하 건설로 민생이 피폐해졌다고 강하게 비판하고 있다. 그러나 다른 시각도 있어, 이해를 위해 피일휴皮日休의 시 「하회고기이河懷古其二」✤ 중 한 편을 소개한다.

김부식과 정지상은 진정 라이벌이었을까. 정지상이 시에, 김부식이 산문에 더 밝았다는 것을 빼면 사실상 둘을 비교할 수 있는 것이 거의 없다. 그렇다면 약자이자 일방적으로 당한 정지상을 동정하여 글쟁이들이 만들어 낸 저주 아닌 저주가 아닌지?

清虛 休靜 청허 휴정

探密峰 탐밀봉

千山木落後
四海月明時
蒼蒼天一色
安得辨華夷

산마다 나뭇잎 모두 떨어지고
온 세상 달 밝은 때
푸르고 푸른 하늘은 한 색이니
어찌 중화니 오랑캐니 구분할 수 있으리.

청허 휴정 스님은 일찍이 부모를 여의고 안주목사 이사증李思曾의 도움으로 성균관에서 수학하던 중 지리산에서 경전을 보다가 불법에 이끌려 출가했다. 제방을 순력하면서 수행하다 한낮의 닭 울음소리를 듣고 크게 깨쳤다. 임진왜란 때는 선조가 도움을 요청하자 팔도십육종도총섭八道十六宗都摠攝이 되어 승려들의 전쟁 참여를 독려하며 많은 공을 세웠다. 이후 묘향산 원적암에서 자신의 영정 뒤에 '80년 전엔 그가 나였는데 80년 후엔 내가 그대이구려八十年前渠是我 八十年後我是渠'라고 써서 제자들에게 주고는 가부좌를 한 채 입적했다.

스님은 선禪은 부처의 마음이고 교教는 부처의 말씀이니, 선과 교를 통합하되 단순히 선교 일치가 아니라 교를 통하되 교를 버리고 선에 들어가는 길을 제시했다. 그의 선은 초월적 진리에 바탕을 두면서도 신비주의나 염세주의에 흐르지 않았고 유가나 도가, 심지어 민간 신앙까지 깊이 존중하는 자세를 가졌으며 당연히 민초들의 안위와 생명 보호에 진력했다.

선을 중심으로 교를 아우르는 불교의 전통을 확립하여 불교의 명맥을 잇는 데 크게 기여하였으며 뛰어난 준족을 포함 천여 명에 달하는 제자들을 배출하여 그들로 하여금 조선 후기 불교를 이끌게 했다.

이 시는 중국의 하늘이나 조선의 하늘이나 푸르기는 매한가지인데 어찌 화이華夷의 차별이 있느냐고 묻고 있다. 이는 단순히 화이의 차별만이 아니라 지배층과 피지배층으로 나뉘어 그것이 곧 귀천과 온갖 차별을 낳고 있는 현실과 이를 뒷받침하는 주자학적 세계관에 대한 비판을 담고 있으며, 불교를 차별하고 승려를 천시하는 차별 구조에 대한 거부감을 나타내고 있다. 임진왜란으로 국가가 위기에 처하자 화이, 귀천, 승속 여부에 상관없이 모두가 나섰는데 여전히 그런 구도를 벗어나지 못하는 지배층에 대한 꾸짖음인 것이다.

"하늘의 별은 북극성을 중심으로 돌고, 인간 세상의 물줄기는 모두 동해로 흘러간다天上有星皆拱北 人間無水不朝東."

조선 불교사로 볼 때 이때쯤 그가 나타나지 않았다면 그 후 한국 불교가 어떻게 되었을지 짐작하기가 어렵지 않다. 조선은 건국 초부터 철저하게 억불정책을 폈지만 명종대 선교 양종의 인정과 승과의 시행 등으로 수많은 승려가 배출되어 이들이 왜란 때 의승군의 주력이 되었고, 다시 청허의 도제 양성으로 이들이 호란 등의 혼란기에 같은 역할을 했으니 참으로 역사는 얄궂다. 인간은 편협하되 강산은 복이 있는 것인지.

'나라를 사랑하고 사직을 걱정하는 것은 산승도 한 사람의 신하이기 때문이다愛國憂宗社 山僧亦一臣'라는 청허의 국가관은, 불교가 국가 위기 시 불교적 주체를 세워 위기 극복에 총력으로 나섬과 아울러 승단의 결속과 발전을 이루는 데 나름 기여했다고 평가할 수 있을 것이다.

蘇軾 소식

自題金山畫像자제금산화상

心似已灰之木
身如不繫之舟
問汝平生功業
黃州惠州儋州

마음은 이미 다 타버려 재가 된 나무 같고
이 몸은 매어 놓지 않아 정처 잃은 배와 같구나.
묻노니 네 평생의 업적은 어디에 있는가?
황주, 혜주, 담주.

중국 북송의 문인 동파東坡 소식은 시·서·사·화·음악 등 거의 모든 분야에 걸쳐 타의 추종을 불허한 천재 예술가요 밝지 않은 곳이 없었던 팔방미인이었다. 문학 작품에 철학적 내용을 담아 문학의 범위를 확장시키고 적절한 비유와 기발한 상상, 의표를 찌르는 내용으로 문학의 품격을 높였다. 불교와 도교에도 이해가 있었으며 특히 불도에 귀의하여 나름의 경지를 보여주었다. 또한 정치에도 높은 식견을 갖고 있어 중국 인물사상 가장 뛰어난 인물 중 한 사람으로 평가된다.

그는 좋은 가문에서 태어나 학문을 익힌 후 과거에서 뛰어난 성적을 보여 당대의 명신인 구양수로부터 '30년 후에는 나를 일컫는 사람들이 없을 것'이라는 찬사까지 듣고 벼슬길을 시작했다. 그러나 격렬한 변법 논쟁과 신구 당쟁의 소용돌이 속에서 정치적인 부침을 거듭하면서 능력을 제대로 발휘해 보지도 못하고 재기才氣만 보여 준 채 승진과 좌천, 그리고 유배로 이어졌다. 그러다 끝내는 귀양길에서 돌아오던 도중 상주에서 삶을 마감했다.

이 시는 그가 귀양에서 풀려나 상주로 오던 도중 금산에 들렀을 때 이공린이 그려 준 자신의 초상화에 써 넣은 시이다. 그 스스로 마지막을 예상하고 자신의 일생을 정리한 것이다. 황주, 혜주, 담주가 어디인가. 바로 그의 귀양지이다. 이 멋진 사내의 일생을 요약하니 귀양지 세 곳이다. 얼마나 황망한가. 그의 말대로 "인생사 비바람만 있는 것도 아니고, 맑은 날만 있는 것도 아니니也無風雨也無晴 이승에서 못다 한 인연을 저승에서 다시 맺으시길又結來生未了因."

소식의 혜안을 알려 주는 이야기 하나. 그가 푹푹 찌는 더위에 오랑캐만 거주한다는 담주(해남)로 귀양을 갔을 때 강당좌姜唐佐(해남 최초로 진사가 됨)란 사람에게 글을 가르쳤는데 그가 과거를 치르기 위해 떠나면서 시 한 수를 청했다. 그러자 소식은 "바다가 언제 지맥을 끊은 적이 있더냐? 너 지금은 포의의 몸이나 반드시 새로운 세상을 열 것이다滄海何曾斷地脈 白袍端合破天荒"라는 두 구절을 써주며, 진사 시험에 붙으면 나머지 두 구절을 마저 써주겠다고 약속했다. 후에 강당좌가 진사가 되었을 때는 소식은 이미 구천九泉으로 떠난 뒤였다. 그리하여 동생 소철이 이어서 시를 완성했다.

"금의환향한 그대 모습 훗날 많은 이들 보았지, 처음 그댈 믿고 알아본 동파의 안목 영원하여라 錦衣他日千人看 始信東坡眼力長." 이런 혜안이 있었으니 그 스스로 "금생에서 읽은 책은 이미 늦다 書到今生讀已遲"고 말한 것이 아니겠는가.

한마디 덧붙인다면 그가 지금 태어났더라면 이른바 '셰프'로서도 크게 이름을 날렸을 것이다. 험한 귀양지에서의 생존 본능에 물성을 보는 능력이 뛰어나 동파육, 복요리 등 많은 훌륭한 음식을 개발했다.

李清照 이청조

生當作人傑
死亦爲鬼雄
至今思項羽
不肯過江東

살아서는 세상의 호걸이 되고
죽어서는 귀신의 영웅이 되었네.
이제 와 항우를 그리워함은
강동을 건너가지 않으려고 했기 때문이네.

이청조는 중국 북송의 시인으로 호는 이안거사易安居士이다. 문학적 재능이 중국 최고라고 평가받는 이백, 두보, 소동파 등의 뒤를 이어 송사宋詞의 최고 수준을 보여 줌으로써 중국 문학사상 가장 위대한 여성 시인으로 평가받고 있다. '역발산 기개세力拔山 氣蓋世(힘은 산을 뽑고, 기상은 세상을 덮을 만하다)'의 기운을 가져 "초나라에 세 집만 남더라도 진을 멸할 나라는 반드시 초나라일 것이다楚雖三戶 亡秦必楚"라는 예언을 실현할 뻔했지만 무모한데다가 지혜마저 부족하여 이를 실패함으로써 역사적 평가가 박했던 항우는 오히려 이 여인의 이 시로 인하여 명예를 회복하는 운을 얻었다.

항우의 물러남에 대하여는 참으로 의견이 분분하고, 수많은 재사들이 앞다투어 나섰는데, 이청조에 앞서 당나라 시인 두목은 「제오강정題烏江亭」이란 시에서 이렇게 읊었다.

勝敗兵家事不期　승패란 병가에서 기약할 수 없는 것
包羞忍恥是男兒　수치를 안고 부끄러움을 견디는 게 남아라네.
江東子弟多才俊　강동 자제에 뛰어난 인재 많다 하니
捲土重來未可知　흙먼지 일으키며 다시 왔다면 어찌 되었을지 알겠는가.

두목은 항우가 돌아가 재기를 도모하지 않은 것을 안타깝게 여긴 반면, 이청조는 당당히 포기하고 끝낸 것을 높이 평가한다. 항우의 경우를 빌려 오랑캐라고 경멸하던 금나라와 싸워 보지도 않고 투항해 버린 남송 황실과 조정에 대한 실망과 분노를 짧은 절구 속에 평이한 어조로 담아내고 있다. 여인의 단심丹心이 참으로 붉다.

인생살이는 어렵다. 늘 선택하고, 다른 한편으로는 포기하는 것이 인간의 삶이다. 맞느냐 틀리느냐, 또는 천도天道에 부합하느냐의 여부는 그다음 문제이다. 그래서 미리 천명을 알고자 노력하지만 그게 어디 쉬운가. 개인적으로는 2010년 11월 중국 제남시 표돌천趵突泉 내 이청조 기념관에서 이 멋진 여인과 「하일절구」를 동시에 보는 기쁨을 누렸다.

夏完淳 하완순
別雲間 별운간

三年羈旅客
今日又南冠
無限山河淚
誰言天地寬
已知泉路近
欲別故鄕難
毅魄歸來日
靈旗空際看

삼 년을 나그네로 떠돌았는데
이제 또 옥살이로구나.
산하가 모두 눈물 흘리는데
누가 천지가 너그럽다고 말했나.
황천길이 바로 저기임을 알고 있지만
고향 이별하기가 이렇게 어렵구나.
꺾이지 않는 넋이 되어 돌아오는 날
하늘가에 가물거릴 혼의 깃발이여.

소은小隱 하완순은 명말청초를 살다 간 시인으로 어려서부터 총명하여 7세에 이미 시문을 깨달았다고 한다. 13세 때 학자였던 아버지 하윤이夏允彛를 따라 반청전선에 나섰다.

아버지가 울분 끝에 투신자살하자 진자룡陳子龍의 수하로 들어가 반청의용군으로 활동하던 중 청군에게 붙잡혀 16세의 나이로 처형당했다. 처형당하기 전 그를 회유하던 명나라 고위 관료 출신인 홍승주洪承疇를 크게 꾸짖어 그의 의기가 널리 알려졌다. 열사를 받들고 국권 회복을 바라는 옥중시 수백 편을 남겼다.

이 시는 하완순이 반청의용군으로 활동하던 중 청군에게 붙잡혀 압송될 때 고향을 마지막으로 작별하면서 쓴 것이다. 3년을 빨치산으로 살다가 붙잡혔으니 이제 죽음뿐이다. 나라는 빼앗겨 산하마저 눈물 흘리는데 누가 천하가 너그럽다고 했는가. 황천길이 바로 지척인데도 고향 앞에서 발길이 떨어지지 않네. 넋이나마 꺾이지 않고 돌아와 저 창공에서 아른거리겠다. 참으로 맑고 장렬하다. 16세 소년의 삶이 한 점 주저함이 없이 당당하고 푸르다. 그의 의기를 기리면서 다음 시를 덧붙인다.

"옛사람은 벌써 죽었는데 오늘에도 물은 차갑기만 하구나昔時人已沒今日水猶寒."(낙빈왕의 「역수송별易水送別」 중에서)

韓逾 한유
過鴻溝 과홍구

龍疲虎困割川原
億萬蒼生性命存
誰勸君王回馬首
眞成一擲賭乾坤

용과 범이 지쳐 산하를 서로 나누니
억만 백성들이 목숨을 부지했네.
누가 말머리를 돌리자고 권했나
하늘과 땅을 건 한판 승부를 겨루자고.

중국 당나라 때의 문인이자 정치가인 한유는 어려서 부모를 여의고 형수의 손에서 자랐다. 일찍이 글에 재능을 보였으나 과거에는 늦게 합격하여 벼슬길에 나아갔다. 재상 배도裴度를 따라 회서절도사 오원제의 토벌에 공을 세워 형부시랑이 되었고 유명한 '평회서비平淮西碑'를 지었다. 헌종이 법문사의 불사리를 궁중으로 들여 공양하려 하자 '부처는 믿을 것이 못된다佛不足信'라는 취지의 표表를 올려 대로한 헌종이 사형에 처하려 했지만 배도 등의 간청으로 사형은 면하고 조주자사로 좌천되었다. 이후 병부시랑, 이부시랑 등을 역임하였으며 57세에 타계했다.

창려 선생으로 불린 한유는 시인으로서는 새롭고 기인한 어구를 많이 사용하는 난해한 시를 주로 써 백거이에 비교되었고, 문장은 육조 이래의 병려체(변려체. 문체의 한 가지로 문을 꾸밈에 있어서 사자구四字句와 육자구六字句의 대구를 사용하여 음조를 맞추는 화려한 문체)를 버리고 한대 이전의 자유로운 형식을 표본으로 하는 고문古文주의를 주도하였는데, 이는 그의 사상적 기반이었던 유교의 부흥과 표리를 이루는 것으로서 당연히 불교나 도교의 배척에 앞장섰다. 또한 '스승이란 나아갈 바를 전해 주고, 방법을 알려 주고, 의혹을 풀어 주는 존재이다師者所以 傳道 授業 解惑也'로 유명한 「사설師說」의 저자이기도 하다.

이 시는 항우와의 싸움에서 승리한 유방의 고사를 읊은 것으로 '건곤일척乾坤一擲'이란 말의 유래이기도 하다. 진秦나라 말기 항우와 유방이 천하 제패를 위해 싸우다가 지쳐 하남성의 홍구를 경계로 천하를 양분하고 휴전에 들어갔다. 항우는 포로로 잡고 있던 유방의 아버지 등을 돌려보낸 후 팽성으로 돌아갔고, 유방도 지친 군사를 이끌고 철군하려 할 때 장량 등이 "지금이 항우를 멸할 절호의 기회입니다. 이때를 놓치면 호랑이를 길러 후환을 남기는 꼴이 될 것입니다"라며 간했다. 유방이 이를 받아들여 항우를 추격하여 죽음에 이르게 하고 천하를 얻었다. 뒷날 한유가 홍구를 지나가다 이를 기억해 내고는 지은 시이다. 누가 이기고, 누가 지는 것이 무슨 문제인가, 억만창생이 무너지고 있는데!

許筠 허균

官墻碧挑爲雨所折用死薔薇韻 관장벽도위우소절용사장미운

瓊樹含嬌笑　　疑從閬苑移
飄零因雨壓　　摧折豈根萎
屈子懷沙日　　昭君出塞時
蜂愁粘落蘂　　鶯怨啄殘枝
物性元榮悴　　人生亦盛衰
明年能再發　　天意諒難知

아름다운 벽도화가 고운 웃음을 머금었으니
아마도 신선 세계에서 옮겨 왔을 테라.
꽃잎 흩날리는 거야 비에 눌린 탓이지
가지 꺾여진 게 어찌 뿌리 시든 탓일까.
굴원이 돌덩이 안고 몸을 던진 날이고
왕소군이 변방으로 나가는 때일세.
벌은 근심에 싸여 떨어진 꽃잎에 붙고
꾀꼬리는 원망하며 잔가지를 쪼네.
만물의 성품은 원래 피었다 시드는 법
사람도 또한 성했다가 쇠한다네.
내년에도 다시 필 수 있을는지
하늘 뜻은 참으로 알기 어려워라.

교산蛟山 허균은 조선시대 사상가이자 문인으로 명문가에서 태어나 21세에 생원시에 합격했다. 그러나 당시의 윤리나 도덕을 무시하고 거침없이 행동하고 욕망대로 처신하여 파직과 복직을 거듭하는 등 벼슬길이 순탄하지 못했다. 한때는 권신 이이첨에게 의탁하여 형조판서에까지 올랐지만 인목대비 폐비 주장 등과 맞물리면서 오히려 그로부터 처형당하는 얄궂은 운명에 처했다.

당대의 기준으로 보면 워낙 파격적으로 행동하고 거침없이 살아 평가가 엇갈린다. 그러나 천재적 문장가였고, 유·불·선에 조예가 깊었으며, 음식 품평서인 『도문대작』까지 짓는 등 다방면에 재주가 있었다.

특히 '평소에는 자신의 속을 감추고 있다가 시대적 변고라도 생기면 자신의 원을 실현하려고 하는 사람'을 호민豪民이라 칭하면서 이들 백성을 두려워해야 한다는 취지의 '호민론'과 최초의 한글 소설인 『홍길동전』을 지어 유포하고 서자, 무사, 승려 등 사회적 불만 세력을 규합하여 행동하려 한 것을 보면 혁명을 꿈꾼 것 같기도 하다. 그의 이러한 행적은 그의 스승인 서얼 출신 이달李達의 영향을 크게 받은 것이 아닌가 싶다.

그러나 자신의 욕망에 대한 절제 없이 현실적 안락에 집착하면서 그 뜻을 펴기에는 성리학으로 굳어진 봉건 왕조에서 헤집고 들어갈 틈이 없었다.

오히려 그의 삶의 자국을 뒤따라가 보면 혁명을 꿈꾸었다기보다는 현실적으로 더 큰 영화를 누리는 사람들의 홍복을 자기도 그들 이상으로 누리고 싶은 생각이 앞섰던 것이 아닌가 싶고, 만약 협량이 부족한 그가 천명을 노렸다면 그의 욕심이 과하였다는 평을 면하기가 어려울 것이다. 자주 귀거래를 노래했지만 그것 역시 진심인지 의문이고, 타고난 뛰어난 재주는 있었으니 그의 말대로 "불교나 도교를 익혀 세상을 즐기다 갔으면玩世緇黃寔自謀" 좋았겠지만 그렇게 하기에도 그의 세속적인 명리의 업식業識이 너무 밝았던 것으로 보여 안타깝기 그지없다.

가을 등불 아래 책 덮고 천고의 역사를 회고하니
글을 아는 인간의 구실이 어렵구나.

秋燈掩券懷千古
難作人間識字人

黃玹 황현
絶命詩 절명시

鳥獸哀鳴海岳嚬
槿花世界已沉淪
秋燈掩券懷千古
難作人間識字人

새와 짐승 슬피 울고 산하도 찡그리니
무궁화 세계가 이미 망했구나.
가을 등불 아래 책 덮고 천고의 역사를 회고하니
글을 아는 인간의 구실이 어렵구나.

황현은 구한말의 시인이자 학자로 자는 운경雲卿, 호는 매천梅泉이다. 매천은 시와 문장에 능하여 일찍부터 문명을 떨쳤다.

성균관 회시에서 장원으로 뽑혀 생원이 되었으나 갑신정변 이후 민씨 정권의 무능과 부패에 환멸을 느껴 벼슬하기를 단념하고 귀향하여 학문 연구와 후진 교육에 전념했다.

1910년 일본에 국권을 강탈당하자 비통해하며 식음을 전폐하던 중 어느 날 저녁 절명시 4수를 쓰고, 또 자제들에게 "나는 죽어야 할 의리가 없다吾無可死之義. 다만 국가가 선비를 기른 지 500년인데, 나라가 망하는 날에 한 사람도 죽는 자가 없다면 어찌 통탄할 일이 아니겠나?"라는 글을 남기고는 자결했다.

이 시는 그의 절명시 4수 중 하나이다.

나라가 망하니 새와 짐승마저 슬피 운다. 책을 덮고 천고의 역사를 회고하니 글을 아는 선비 노릇 하기가 참으로 어렵다.

자결이 백성으로서 만연히 나라에 충성하려 한 것이 아니라 한 사람의 식자로서 양심을 지키기 위한 것이어서 더욱 애잔하다. 영원할 수 없는 인생이기에 부끄럼 없는 삶을 살겠다는 그의 의지와 충정이 넘쳐흐르는 시이다. 그의 순국에 대하여 창강滄江 김택영金澤榮은 "구슬 달도 빛이 없고 북두칠성도 자루가 부러졌다璧月無光斗柄摧"(「문황매천순신작聞黃梅泉殉信作」)라고 애도했다.

2

차면 줄어들고 비면 차오르고

雪巖 秋鵬 ^{설암 추붕}

雨後 우후

晚晴宜眺望
清興屬詩魂
麗日通林罅
香泉出石根
林藏初霽雨
月送欲歸雲
搜句遲來得
遠山縱目看

저녁 무렵 비가 개니 바라보기가 좋고
맑은 흥은 시상을 일으켜 주네.
고운 해는 숲 사이로 비쳐들고
향기로운 샘물은 돌부리에서 솟아나는데
숲은 갓 갠 비를 머금었고
달은 돌아가는 구름을 전송하는구나.
멋진 시구가 잘 떠오르지 않기에
먼 산을 이리저리 눈 가는 대로 보네.

설암 추붕 스님은 벽계碧溪 스님에게 경론經論을 배워 통달하였으며 월저 도안月渚 道安 스님의 법을 이었다. 계행이 엄정하고 언변이 유창하여 많은 학인이 따르고 심복했다.

이 시는 비 온 뒤의 풍경을 한 폭의 동양화처럼 완벽하게 그려 내고 있다. 해와 샘물과 숲과 달이 마땅히 있어야 할 곳에서, 완연히 제 역할을 다하고 있다. 스님은 그것을 완벽하게 잡아내고서도 무엇이 부족한지 이리저리 살핀다. 말은 시 한 편 쓰고자 함이라고 하지만 스님의 욕심이 속인의 물욕을 넘어서고 있다. 마음으로 가지나 눈으로 가지나 욕심欲心 또한 욕심慾心 아니겠는가?

"한밤에 팔만사천 게송을 들었으니 훗날 이를 어떻게 사람들에게 들려줄 것인가夜來八萬四千偈 他日如何擧似人."

白谷 處能^{백곡 처능}

感興 감흥

浮雲終日行　　行行向北歸
萬古英俊人　　得失多是非
是非竟何有　　盡逐浮雲飛
浮雲本無跡　　我與雲相依
手中桃竹枝　　身上薜蘿衣
夙心多自負　　空嗟與時違

뜬구름이 종일토록 다니니
다니고 다니다가 북쪽으로 돌아가네.
만고에 뛰어났던 사람
얻고 잃음에 시비가 많구나.
시비를 한들 결국 무엇이 남을꼬
모든 것이 뜬구름을 좇아 날아다니는 것.
뜬구름이란 본래 자취가 없으니
나는 구름과 더불어 서로 내맡기네.
손안에 대나무 지팡이가 있고
몸에는 넝쿨로 지은 옷이 있을 뿐.
평소에 가진 뜻에 자부하지만
시대와 맞지 않는 것이 한탄스럽다.

백곡 처능 스님은 어려서 승려가 되었으며 외전外典에 능했다. 경사經史에 대한 지식이나 뛰어난 문장이 하잘것없는 것임을 깨닫고 정진하여 벽암 碧岩 스님의 법을 전해 받았으며, 팔도선교도총섭에 임명되기도 하였으나 곧 사퇴했다. 특히 '간폐석교소諫廢釋敎疏(처능이 현종의 척불책이 부당하다는 것을 간하기 위해 올린 상소문)'를 올려 조선 중기 이후의 배불 정책에 대하여 직설적으로 그 부당성을 지적하고 시정을 촉구했다.

또한 여러 산에 법석을 열어 전교에 힘썼다. 경허와는 달리 선과 교를 구분하여 차이를 두는 것은 잘못이라면서 선과 교는 완전히 일치한다고 주장했다.

영원히 얻을 것도 잃을 것도 없는데도 잘난 사람일수록 얻고 잃는 것에 시비가 많구나. 시비를 따진들 종국에는 무엇이 남겠는가. 다 뜬구름 같은 것. 왔다가 가고, 갔다가 오는 것 아니겠는가. 나는 그 이치를 알아 그에 내맡기네. 그럼에도 시대와 더불어 하기가 왜 이렇게 어려울까. 사바 세계가 이렇게 어지러운 곳인가.

"사람의 마음이 평안하면 말이 필요 없고 수면이 평평하면 물이 흐르지 않는 법이다人平不語 水平不流."

鏡虛 惺牛 경허 성우

自梵魚寺向海印寺道中口號 자범어사향해인사도중구호

識淺名高世危亂
不知何處可藏身
漁村酒肆豈無處
但恐匿名名益新

어지러운 세상에 식견은 얕으면서 이름만 높으니
몸을 숨길 만한 곳이 어디인지 모르겠구나.
어촌이든 술집이든 어찌 장소가 없겠냐마는
이름을 숨길수록 이름이 더 알려질까 두려울 뿐이다.

경허 성우 스님은 9세에 과천 청계사로 출가하여 불교 경전은 물론 유교 경전과 제자백가서를 두루 섭렵했다. 32세에 돌림병이 유행하던 마을을 지나다가 생사의 한계를 느끼고 용맹정진하여 크게 깨달았다. 그 후 도처에서 선풍을 휘날리며 조선 후기 불씨마저 꺼져 가던 불교, 특히 선불교를 일으켜 세웠다.

이후 술도 마시고 문둥병 여자를 거두어 주는 등 범인凡人이 이해하기 어려운 기행을 서슴지 않으면서도 만공滿空·혜월慧月·수월水月과 같은 탁월한 제자를 길러 근대 한국 불교가 일어나는 데 크게 기여했다. 말년에는 장발유관長髮儒冠으로 바라문 노릇을 하면서 서당 훈장이 되어 글을 가르치다가 입적했다.

경허의 이러한 행적에 대하여는 시비가 많다. 심지어 어떤 이들은 "경허는 선풍을 다시 일으키기도 했지만 경허 이전의 선풍을 죽이기도 했다"고 말한다. 확실히 경허의 선풍은 독특한 것이었다. 백파白坡를 통해 이어진 경허 이전의 선풍은 서릿발 같은 계행을 바탕에 깔고 있었지만, 경허는 그러한 계행이나 율행을 비웃기라도 하듯 거리낌 없이 살았다. 문둥병을 앓던 여자와 함께 지내다가 낫지 않는 피부병을 얻은 뒤, 그 때문이었는지는 알 수 없지만 영영 절집과 승가를 떠나 버린 경허.

경허의 큰제자 가운데 한 사람인 한암寒巖은 후학들에게 "경허의 눈 밝음은 볼지언정 행동은 보지 마라"고 가르쳤는데 그것은 행동은 흉내 내기 쉽고 밝은 눈은 얻기 어려움을 깨우쳐 주는 이야기이다.

스님은 이 시에서 수행하기 어려운 환경을 깊이 토로하고 있다. 말법 시대 산중에서마저 수행은 차치하고 명리만 좇는 무리들이 득실거려 보림마저 어려움을 호소하고 있는 것이다. 스님이 저잣거리로 나와 바라문 행세를 한 연유를 유추할 수 있는 글이 아닌가 한다.

"대나무 그림자가 섬돌을 쓸지만 티끌 하나 움직이지 않고, 달빛이 바닷물을 뚫어도 파도에는 흔적이 없네竹影掃堦塵不動 月光穿海浪無痕."

王安石 왕안석

遊鐘山 유종산

終日看山不厭山
買山終待老山間
山花落盡山常在
山水空留山自閑

온종일 산을 보아도 산이 싫지 않아
산을 사서 마침내 산속에서 늙는다.
산의 꽃이 다 떨어져도 산은 늘 그대로이고
산골 물은 부질없이 흘러도 산은 스스로 한가롭다.

왕안석은 중국 북송의 정치가이자 학자로 자는 개보介甫, 호는 반산半山이다. 그는 21세에 진사가 되었으며 신종神宗이 그를 발탁하면서 당시로서는 세상을 놀라게 한 다양한 개혁 정책을 시행했다. 그의 개혁 정책은 간략하게 말하자면 대상인과 대지주의 횡포를 막아 농민과 중소 상인을 보호하여 민생을 안정시키고 세수를 늘려 나라를 부강하게 하는 것을 목적으로 했다. 그러나 대상인과 대지주가 누구인가. 유사 이래로 그들을 제대로 제어한 적이 몇 번이나 있었던가. 왕안석의 신법은 이들의 반발로 인해 제대로 시행되지도 못하고 정쟁의 대상이 되었다가 신종도 가고 왕안석도 서거하면서 폐지되고 말았다.

왕안석의 신법 개혁은 당시로는 파격적인 시도였는데, 과연 이것이 북송 왕조의 수명을 연장했느냐 아니면 단축했느냐를 두고도 논란이 이어졌다. 이 개혁의 실패에는 여러 요인이 있지만 결정적인 것 중 하나는 법을 집행하는 관리들의 부족한 자질과 무성의로 인해 민심의 지지와 호응을 얻지 못했다는 점을 먼저 들 수밖에 없을 것이다.

이렇듯 그의 개혁 정책은 보수파에 의해 매도되었지만, 그의 우아하고 유려한 문장은 정적도 인정할 만큼 뛰어나 당송 팔대가의 한 사람으로 꼽혔다.

이 시는 강소성 남경 북쪽에 있는 종산鐘山을 노래한 것으로, 왕안석이 구당파에 대한 오랜 원한의 감정을 씻어 버린 후의 느낌을 읊고 있다. 구당파와 대립하며 가슴속에 쌓인 은한恩恨도 세월의 흐름 속에 침식과 풍화를 계속하며 결국 사라지는 것임을 산을 빌려 읊은 것이다. 자연에 동화됨으로써 은한을 모두 버려 자유로워진 자신을 보여 주는 시라고 할 수 있다.

우리의 인생 역시 이러하다. 사바세계에 중생으로 사는 이상 아등바등해야 할 때도 있다. 그렇지만 그런 때에도 아등바등하는 것이 결국은 공空임을 어렴풋하게라도 느끼면서 아등바등해야 나중에 덜 처량하고 덜 후회할 것이다.

羅隱 나은
遣悶 견민

得則高歌失則休
多愁多恨亦悠悠
今朝有酒今朝醉
明日愁來明日愁

잘 풀리면 노래하고 안 풀리면 쉬고
근심 많고 한 많아도 느긋할 뿐이요
오늘 아침 술 있으면 오늘 아침 취하고
내일 할 근심일랑은 내일 가서 근심하세.

나은은 본명이 횡橫이었지만 과거에 수차례 실패하자 이름을 은隱으로 바꾸었다고 하며 급사중 등의 벼슬을 지냈다. 당말의 뛰어난 시인으로 역사를 읊거나 풍자나 조소를 주로 한 시가 많았다. 워낙 비꼬기를 잘하여 사당의 목상도 그의 붓끝을 피해 갈 수 없었다는 이야기가 전해 온다.

그는 재능은 있었지만 태도가 불손하고 안하무인이어서 식자들의 미움을 사 벼슬길이 쉽지 않았다. 얼굴도 못생겨 그의 시를 몹시 좋아하여 늘상 읊조리던 재상의 딸이 그의 얼굴을 한 번 보고는 시 읊는 것까지 그만두었다는 일화도 있다. 게다가 과거에 여러 차례 떨어져 '나은지한羅隱之恨(과거에 계속 떨어진 한)'이라는 고사성어까지 생겼다고 한다. 이런 그이지만 당시 당에 유학 온 최치원과는 교류가 두터웠다고 한다.

이 시는 어차피 뜻대로 되지 않는 게 세상사이니 이를 인정하고 편하게 지내자고 권한다. 잘 풀리면 흥얼대고 안 되면 쉬고, 오늘 술이 있으면 우선 마음껏 취하고 내일 걱정일랑 내일 가서 하잔다.

'온갖 꽃을 날아다니며 조금씩 모아 꿀을 만들었지만 그렇게 고생하며 달게 만든 것이 누구를 위함이었던가採得百花釀蜜後 爲誰辛苦爲誰甛'라며 부르짖던 그이였는데, 이 시를 보면 그가 체념한 건지 아니면 달관한 건지 헷갈린다.

鄭燮 정섭

「題蘭竹石圖제난죽석도」의 제화시

高山峻壁見芝蘭
竹影遮斜幾片寒
便以乾坤爲巨室
老夫高枕臥其間

높은 산 절벽에 핀 지초와 난초
대 그림자 비켜 들어 서늘한 구석
하늘과 땅을 커다란 방으로 삼아
늙은 몸 그 사이에 베개를 높여 누워 보네.

중국 청나라의 문인이자 화가, 서예가인 판교板橋 정섭의 제화시이다.

판교는 시·서·화에 뛰어난 이른바 양주팔괴揚州八怪의 한 사람으로 그림은 난, 대나무, 바위 등을 주로 그렸고, '육분반서'라는 글씨체로 한 시대를 풍미했다. 인품이 고상하고 사리에 밝았으며 애민사상이 투철했지만, 강직하면서 자유분방한 성격에 술과 시를 좋아하고 윗사람에게 허리를 잘 굽히지 않아서 관리 생활은 짧았다.

특이한 것은 중국 역사상 그가 처음으로 서화를 당당하게 정가를 붙여서 팔았다고 한다. 그림을 직업으로 삼은 화공도 아니고 과거에 급제한 지식인인 그의 이러한 행위에 대하여 천박한 장삿속이라는 비난이 높았지만 예술가로서의 자부심과 예술에 대한 귀족주의적 고정관념을 깨겠다는 생각에서 이를 밀고 나갔다고 한다.

중국 사람이 가장 좋아한다는 '난득호도難得糊塗'라는 말이 그에게서 나왔다. 총명하기도 어렵고 멍청하기도 어려운데 총명한 사람이 멍청하기는 더더욱 어렵다. 모든 집착을 내려놓고 한 걸음 물러서면 바로 마음이 평안해진다. 그렇다고 나중에 복 받자는 것은 아니다聰明難 糊塗難 由聰明而轉入糊塗更難 放一着 退一步 當下心安 非圖後來福報也.

그러나 정작 누가 '멍청하기도 어려울까'가 문제이다. 청렴하고 정직하며 능력이 뛰어난 사람이 조금 멍청하면 좋겠지만 그렇지도 못한 사람이 멍청하면 개인은 물론 나라도 망치는 게 아닐까.

참고로 '난득호도'라는 말이 워낙 유명하다 보니 그 유래에 대하여도 여러 설이 있다. 가장 많은 이들이 동의하는 설이 판교가 산동성 내주에 있는 정장공비를 보러 갔다가 '호도 노인'이라고 칭하는 노인을 만나 멋모르고 으스대다가 곧바로 크게 깨우치고는 이 말을 사용했다는 것이다.

'흘휴시복吃虧是福(손해를 보는 것이 곧 복이다)' 또한 판교를 떠오르게 하는 말이다. 차면 줄어들고 비면 점점 차게 된다. 내가 손해를 보면 다른 사람이 이득을 보지만, 그 대신 나는 마음의 평안을 얻게 되니 결국 각자가 마음의 절반은 얻게 된다. 이것이 판교가 말하는 흘휴시복의 의미이다.

大覺 義天 대각 의천

讀海東教迹독해동교적

著論宗經闡大猷
馬龍功業是其儔
如今懂學都無識
還似東家有孔丘

논과 경을 풀이하고 받들어 큰 도를 밝혔나니
마명이나 용수라야 그 공적을 겨루리라.
배우기에 게으른 요즈음 사람, 아는 게 없어
마치 저 동쪽 집의 공구라 한 것과 같구나.

대각 국사 의천은 고려 문종의 넷째 아들로 태어나 11세에 승려가 되었다. 30세에 중국 송나라로 가 여러 뛰어난 스님들을 참학하여 불지佛智를 밝혔으며 귀국하여 홍왕사에 교장도감을 두고 요·송·왜 등으로부터 수집한 경서 등을 간행했다.

다섯째 아들 증엄證儼을 출가시켜 제자로 삼았으며 숙종 때 국사國師가 되었다. 교종과 선종으로 나뉘어 대립하던 당시 교선일치敎禪一致를 역설하면서 천태종을 개창했다.

이 시는 원효의 교학을 높이 받들고 있다.

'논論'을 짓고 '경經'을 높이어 대도를 밝혀 보살로 존숭받는 마명·용수의 경지에까지 갔지만, 게으르고 어리석은 자들이 이를 제대로 알지도 못하고 무시하는 세태를, 마치 옆집의 공자를 제대로 알아보지 못하고 "공가, 공가" 하고 부른 자들에 빗대어 질책하고 있다.

"말도 착각이고 침묵도 착각이니 말과 침묵을 모두 넘어서야 길이 있다語也錯 黙也錯 寂語向上 有路在."

虛白 明照 허백 명조

紅菊 홍국

千林黃葉霜風落
唯有菊紅獨耐寒
家國興亡都不管
破顔開笑向人閑

천 그루 숲이 누렇게 물들어 서릿바람에 떨어지지만
오직 붉은 국화만이 추위를 견디어 내는구나.
가정이나 나라의 흥망에는 아랑곳하질 않고
인간 향해 활짝 웃으며 한가롭구나.

명조 스님은 조선 중기의 승려로 이름은 희국希國, 호는 허백당虛白堂이다. 13세에 출가하여 사명 대사에게 법을 받았으며, 제방을 순력하여 묘리妙理를 깨쳤다.

인조 5년(1627) 정묘호란 때에 팔도 의승 대장으로 승병 4천 명을 지휘하여 안주에서 후금(청)의 침입을 막았다. 공이 높아 나라에서 직첩 등을 제수하였으나 인조가 청에 항복한 것에 통분하여 받지 않았다. 이후 병자호란 때도 의병장으로 활약했다. 선종과 교종에 두루 통한 고승이었으며 장자莊子의 사상에도 조예가 깊었다.

찬 서리 내려 초목은 모두 시들어 앙상한 자태만 드러내는데 오직 홀로 견디며 고고한 자태를 뽐내는 붉은 국화가 집 잃고 나라 잃어 망연자실해 있는 인간을 향해 한없이 한가로운 웃음을 보내고 있다.

인간 세상의 영고성쇠가 자연의 순환과 다를 리 없지만 인간은 자연의 흐름을 보지 못하고 자신의 이해관계만 살피다 보니 자연보다 더 처연한 상태에 처함을 애처롭게 토로하고 있다.

"만물은 본래 한가하여 스스로 푸르다거나 시들었다고 말하지 않건만, 사람들이 스스로 시끄럽게 굴며 억지로 아름답다거나 추하다는 생각을 일으킬 뿐이다萬物本閑 不言伐靑伐黃 惟人自鬧 强生是好是醜."

得 則 高 歌 失 則 休

잘 풀리면 노래하고 안 풀리면 쉬고

懶翁 惠勤 ^{나옹 혜근}

寄廣州牧使기광주목사

萬事憑君好細看
夢中浮世大無端
百年擾擾閑榮辱
只在儂家一瞬間

만사는 그대에게 달려 있으니 자세히 살피시길
꿈속의 뜬세상 별다른 까닭이 없소.
부질없는 영욕에 백 년 동안 요란을 떨어도
우리 집안에선 단 한순간이라 여기노라.

나옹 혜근 스님은 20세에 친구의 죽음을 보고 죽으면 어디로 가느냐고 어른들에게 물었으나 아는 이가 없어 요연 선사를 찾아갔다가 승려가 되었다. 중국 원나라로 가 지공 스님과 평산처림平山處林 선사의 법을 받았다. 귀국하여 공민왕의 왕사가 되었으며 여주 신륵사에서 열반에 들었다. 혼수混修에게 법맥을 잇게 했으며 고려 말의 고승으로서 조선 불교에 큰 영향을 끼쳤다.

특히 고려 말의 정국을 안정시키는 데 크게 기여한 이제현에게 그의 영광과 안녕을 축원하면서 보낸 편지(「답이상국제현答李相國齊賢」)를 보면 부처의 심법을 가르치는 자세가 참으로 진지하고 절절하다('간절히 부탁드리고, 또 간절히 부탁드립니다至囑 至囑'). 과연 이제현은 나옹이 이렇게 절절하게 보낸 '대유령 매화嶺梅'•를 제대로 받았을까?

백 년 영화가 한순간이고, 그것 또한 스스로 하기에 달려 있음을 일깨우는 시이다. 호리毫釐의 이해에도 단 하나뿐인, 잃으면 다 끝나는 목숨마저 내던지는 중생들에게 이런 이야기가 무슨 의미가 있겠는가마는, 살다가 끝날 때쯤에는 이렇게 느끼는 속인도 있어야 종교인도 설 땅이 있지 않겠는가.

"과거는 오지 아니했고 미래는 가지 아니했다前際不來 後際不去."

•
'대유령 매화'란 선가禪家에서 상징적으로 쓰는 말구 중의 하나로, 대유령은 중국의 남과 북을 가르는 분기점으로 남북의 기후 차이 때문에 매화의 남쪽 가지에 꽃이 떨어지는 시기에 북쪽 가지에서 비로소 꽃을 피우는 것으로 옛날부터 알려져 있는데, 바로 이 대유령에서 육조 혜능이 도명 상좌에게 '본래면목' 화두를 제시했기 때문에 '대유령 매화를 올렸다'라는 표현은 본래면목 화두를 제시했다는 뜻이 된다.

卞季良 변계량
晨興有感 신흥유감

早年遊學也悠悠
只向名途走不休
昨夜燈前倍惆悵
雨聲如別一年秋

젊어서 유학하던 일 아득하구나
오직 명예의 길을 향해 쉬지 않고 달렸네
지난밤 등불 앞에 매우 서글퍼졌네
빗소리 한 해의 가을을 이별하는 듯.

춘정春亭 변계량은 6세에 이미 시를 지었고, 문과에 급제한 후 태종 때에는 예문관 대제학, 예조판서 등을 역임하였으며, 세종 때에는 집현전 설치를 건의하고 집현전 대제학이 되었다.

문장에 뛰어나 20년 가까이 대제학에 있으면서 외교 문서를 작성하고 조선 건국을 찬양하고 수식하는 일을 맡아 했다. 특히 과거 시험을 공정하게 주관함으로써 고려 말의 폐단을 개혁함과 아울러 많은 뛰어난 신진들을 등용하여 새로운 국가 건설에 이바지하게 하였고, 제조 의금부사로 있을 당시에는 사람을 아끼고 옥사獄事를 공정하게 처리하여 위와 아래의 신망을 얻었다.

이 시는 새벽에 일어나 느낀 감정을 읊은 것으로 자신의 삶을 뒤돌아보고 서글퍼지는 감회를 노래하고 있다. 등불을 켜고 스승의 문하에서 공부하던 때를 회고하니 지금껏 대의를 이룬 것은 없고 공명만을 위해 쉼 없이 달려온 자신이 서글프다. 그런데 벌써 가을비가 내리고 있으니 또 한 해가 그냥 가버린다.

사심 없이 공정하게, 그리고 최선을 다하여 주어진 직무를 처리함으로써 위는 물론 아래로부터 크게 받들어졌음에도 불구하고 대의를 이룬 것이 없다고 하니…… 우리 같은 범인들은 어떻게 처신해야 할지 민망하다.

金克己 _{김극기}

漁翁어옹

天翁尙未貰漁翁
故遣江湖少順風
人世嶮巇君莫笑
自家還在急流中

하늘은 아직도 어부에게 너그럽지 아니하여
일부러 강호에 순풍을 적게 하네.
그대여 비웃지 마소, 인간 세상 험하다고
자기가 도리어 급류 속에 있는 것을.

노봉老峰 김극기는 일찍이 과거에 급제하였으나 벼슬하지 못하고 있다가 무신들이 정권 다툼을 벌이던 고려 명종 때에 용만(지금의 평안북도 의주)의 좌장을 거쳐 한림이 되었다. 이후 금나라에 사신으로 다녀왔다.

그는 벼슬에 연연하기보다는 산림에 은거하며 많은 문집을 남겼다. 특히 무신난 이후 농민 반란이 끊임없이 일어나던 시기에 핍박받는 농민들의 모습을 시로 표현하여 농민시의 개척자로 불렸다. 여느 시인들처럼 관념이나 경치를 노래하기보다는 농민 생활의 어려움을 시로 생생하게 표현해 낸 것이다. 그러나 그 역시 벼슬길에 올라 큰 뜻을 펴고 싶은 심정을 감추지는 못했다. 다음은 그가 지은 「취시가醉時歌」의 일부분인데 그의 솔직한 심정이 드러난 것으로 이백의 시 「행로난」을 떠오르게 한다.

何時乘風破巨浪　　어느 때 바람 타고 큰 물결 부수고
坐令四海如唐虞　　앉아서 천하를 태평성대로 만들 수 있을까
君不見　　　　　　그대는 보지 못하였는가
凌煙閣上圖形容　　능연각에 그려진 사람들은
半是書生半武夫　　반은 서생이고 반은 무부인 것을.

「어옹」은 고기 잡는 어부를 등장시켜, 그의 삶을 통해 인간 세상의 풍파에 대하여 이야기하고 있다. 고고한 체 인간 세상 풍파가 어쩌니 말하지 마소, 말하는 그대가 이미 급류에 휘말려 가고 있는 것도 모르면서.

조선조 대학자 김종직은 이 시를 중국 송나라 범중엄의 「증조자贈釣者」라는 아래의 시를 번안한 것이라고 평가했는데 여러분이 보기에는 어떠한지.

江上往來人　　강가를 오가는 사람들은
盡愛鱸魚美　　모두가 농어회가 맛있다고 하네.
君看一葉舟　　그대는 보았는가, 일엽편주가
出沒風濤裏　　거친 물결 속에서 가물거리는 것을.

孟子맹자

天將降大任於斯人也
必先勞其心志
苦其筋骨
餓其體膚
窮乏其身行
拂亂其所爲
所以動心忍性
增益其所不能

하늘이 장차 큰 임무를 그 사람에게 맡기려 하면
반드시 먼저 그 마음과 뜻을 괴롭히고
근육과 뼈를 깎는 고통을 당하게 하며
몸을 굶주리게 하고
생활을 빈곤에 빠뜨려
하는 일마다 어지럽게 한다.
이는 그의 마음을 흔들어 참을성을 길러 주기 위함이며
지금까지 할 수 없었던 일을 할 수 있게 하기 위함이다.

『맹자孟子』「고자장告子章」에 나오는 말이다.

맹자의 이름은 가軻이고, 추鄒나라에서 태어났다. 공자의 손자인 자사子思에게서 가르침을 받았으며 제·송 등 여러 나라를 돌며 유세했다.

인간은 선천적으로 도덕적 소질을 갖고 있다는 성선설을 주장하여 성무선무불선性無善無不善을 주장한 고자告子와 치열한 논쟁을 벌였다. "백성이 귀중하고 사직은 그다음이며 임금은 대단하지 않다"고 말함으로써 민본주의와, 힘이 아닌 덕으로 남을 복종시켜야 한다는 왕도사상으로도 유명하다.

우리에겐 맹모삼천지교孟母三遷之敎로 널리 알려져 있으나 그 이야기는 사실이라기보다 전설에 가깝다고 한다.

『맹자』「고자장」의 이 구절은 워낙 유명하여 옛날부터 수많은 사람들이 이 글에서 힘을 얻고 뜻을 세워 자신의 삶을 아름답게 갈무리했다. 조선시대 선비들도 절해고도로 유배를 가서 처절한 고독을 겪을 때, 방 안에 이 글을 써 붙여 두고 스스로를 달랬다. 중국 근대화를 이끈 덩샤오핑도 늘 이 글을 몸에 지니고 다녔다고 한다.

老子道德經 [•] 노자도덕경

天道無親 常與善人

하늘은 사사로움이 없다. 늘 선한 이와 함께 할 뿐이다.

上士聞道 勤而行之
中士聞道 若存若亡
下士聞道 大笑之
不笑不足以爲道

뛰어난 이들은 도를 들으면 애써 실천하고
그만그만한 이들은 도를 들으면 때로는 간직하고,
때로는 잊어버리고
딜떨어진 이들은 도를 들으면 크게 웃는다.
그들이 웃지 아니하면 도라고 하기엔 부족하다.

『노자도덕경』에 나오는 말이다.

노자는 성이 '이李'이고 이름은 '이耳'이다. 주왕실 도서관의 수장리로 일했으며 공자가 찾아가 예禮에 대한 가르침을 받았다고 한다. 주나라가 쇠하자 『노자도덕경』을 써서 남기고는 은둔해 버렸다고 한다(『사기』). 그러나 공자보다 후배라든가 가공의 인물이라는 설도 유력하다.

『노자도덕경』은 노자 한 사람이, 또는 도가학파 여러 사람이 지었다고 하나 기본 사상은 무위자연無爲自然으로 큰 차이가 없다.

무위는 '도는 언제나 무위이지만 하지 않는 일이 없다道常無爲而無不爲'의 무위이고, 자연은 '하늘은 도를 본받고 도는 자연을 본받는다天法道 道法自然'의 자연을 의미하는 것으로, 이는 결국 모두 거짓됨과 인위적인 것에서 벗어나려는 사상이다. 좋다·나쁘다, 높다·낮다 등의 판단은 인간들이 인위적으로 비교하여 만들어 낸 상대적인 개념이며, 이런 개념들로는 도를 밝혀 낼 수 없다고 주장한다. 『노자도덕경』은 서로 다투거나 대립하는 것은 인위적인 것 때문으로 보아 무와 자연의 불상쟁 논리를 펴고 있는 것이다.

사회가 매우 혼란스러웠던 중국 남북조시대에 크게 유행했으며 우리나라에는 『삼국사기』에 소개된 이후 고려시대에도 널리 퍼졌으나 조선시대에 성리학이 지배 이념이 되면서 쇠퇴했다. 그러나 그 기본 흐름은 도교 신앙과 결합되면서 기층의 민간에 많은 영향력을 행사했다.

어느 종교나 성인이나 선을 행하고 악을 저지르지 말라고 한다. 노자 역시 마찬가지이다. 그가 말한 "하늘 그물은 넓고 성기어도 빠뜨리는 것이 없다天網恢恢 疎而不失"라는 말 역시 악을 저지르면 반드시 걸린다는 의미이니 같은 취지이다. 공자도 "하늘에 죄를 지으면 빌 곳이 없다獲罪於天 無所禱也"라고 했다. 더 나아가 노자는 "하늘의 도는 남는 것은 들어 모자라는 것에 보탠다天之道 損有餘 而補不足"라고 했다. 그러나 인간들은 남는 것마저 들고 싶어하지 않아 빈부나 귀천의 차별이 생기는 것이다.

妙法蓮華經 묘법연화경

觀三千大千世界乃至無有如芥子許
非是菩薩捨身命處 爲衆生故

삼천대천 세계에는 겨자씨 한 알만한 크기의 땅이라면 어느 곳이든
보살이 중생(의 성불)을 위해 목숨을 바치지 아니한 곳이 없다.

『묘법연화경』제28품 중 제12품 '제바달다품提婆達多品'에 나오는 말이다.

『묘법연화경』, 일명 『법화경法華經』은 불탑 신앙을 하는 집단에 의해 성립된 대표적 대승 경전으로 삼승三乘을 한데 모아 일승一乘의 큰 수레로 일체중생을 구제한다는 정신하에, 여래는 큰 인연으로 세상에 나와 모든 중생으로 하여금 부처의 경지에 들어가게 하는 데 근본 목적이 있다는 경이다. 이 경은 전반부에서는 삼승이 일승으로 돌아가는 도리를 밝힘으로써 온갖 경전과 교파 간의 대립을 수습하여 체계화하였고, 후반부에서는 세존을 영원한 부처로 파악함으로써 흔들리고 있던 신앙의 대상을 확립하여 예로부터 대승경전의 꽃, 또는 경전 중의 왕으로 불리고 있다.

또한 여인 성불이 가능한가, 구제 불가능한 악인도 성불이 가능한가가 초기 불교에서 큰 관심사였는데 이를 말끔하게 해결해 준 경이 바로 이 『법화경』이다.

산스크리트어 원본이 네팔 등에서 발견되었으며, 구마라집 등이 번역한 한역본이 널리 쓰이고 있다.

겨자씨 한 알만한 땅(가장 작은 것의 비유)에도 이미 보살들이 중생의 성불을 위해 몸 바쳐 길을 닦아 놓았으니 중생은 그 길로 뚜벅뚜벅 걸어가기만 하면 된다고 하니 이 얼마나 축복받은 일인가.

金剛般若波羅蜜經 금강반야바라밀경

是法平等 無有高下
是名阿耨多羅三藐三菩提
以無我 無人 無衆生 無壽者
修一切善法 卽得阿耨多羅三藐三菩提

이 법은 평등해 높고 낮음이 없으니
이것을 이름하여 아뇩다라삼먁삼보리라고 한다.
무아·무인·무중생·무수자로서
일체의 선법을 닦으면 곧 아뇩다라삼먁삼보리를 얻는다.

『금강반야바라밀경』, 일명 『금강경』에 있는 말로 중국 양 무제의 아들 소명태자昭明太子가 나눈 장에 의하면 제23품에 있다.

『금강경』은 소승과 대승의 대립이 일어나기 이전에 제작된 경으로 범어 원전의 사본이 한·중·일·티베트 등에 전하며, 구마라집을 비롯한 여러 사람이 한문으로 번역했다. 우리나라에는 삼국시대에 들어와 고려 중기 지눌이 널리 퍼뜨리는 데 크게 기여했다. 우리나라에서는 대한불교 조계종을 비롯한 다수 종파가 기본 경전 내지 소의 경전으로 삼았으며, 중국 선종에서도 오조 홍인 이래 대단히 중요시되었다.

중국 선종 육조 혜능 대사가 『금강경』의 "마땅히 머무는 바 없이 그 마음이 생긴다應無所住 而生其心"는 구절에서 깨달음을 얻은 것, 중국 선종사의 한 획을 그은 덕산 스님이 "과거의 마음도 얻을 수 없고, 현재의 마음도 얻을 수 없으며, 미래의 마음도 얻을 수 없다過去心不可得, 現在心不可得, 未來心不可得"는 말마디에 떡 파는 노파에게 크게 한 방 맞고는 재발심하게 된 이야기 등이 널리 회자되었다.

진정한 불법은 평등하다. 높고 낮은 것이 없다. 팔만사천 법문도 좋고, 염불도 좋고, 참선도 좋고, 밀종도 좋고, 심지어 도교 수련도 좋다. 어느 것도 화엄의 경계에서 보면 평등하다.

성불을 하려면 일체의 선법을 닦아야 한다. 불법을 배우는 근본 목적은 악을 행하지 않고 선을 행하는 것이다.

일체의 선법을 닦지 않고 깨달음만 구한다면 깨달음은 불가능하며 설사 얻었다고 해도 그것은 깨달음이 아니라 착각이다. 선법의 성취 없이는 깨달음이 불가능하다. 팔만사천 법문을 외우고, 선이나 공안을 참구하고, 기도한다고 하여 성불하는 것은 아니다. 일체의 선법을 닦지 않고 무상에 이르렀다고 주장한다면 그건 우선 자신을 속이는 것이다.

이것이 위 말의 뜻이자 석가모니의 가르침이다.

白雲 景閑 백운 경한

出州廻山 출주회산

去時一溪流水送
來時滿谷白雲迎
一身去來本無意
二物無情却有情
流水出山無戀志
白雲歸洞亦無心
一身去來如雲水
身是重行眼是初

갈 때는 계곡의 흐르는 물이 전송을 하더니
올 때는 골짜기 가득 흰 구름이 맞아 주네.
한 몸이 가고 옴에는 본래 뜻이 없는데
물과 구름은 정이 없는 듯하면서도 정이 있구나.
흐르는 물은 산을 나가도 연모하는 마음이 없고
흰 구름은 골짜기로 돌아와도 또한 무심하구나.
한 몸이 가고 옴이 구름이나 물 같으니
몸은 거듭 다녀도 눈은 처음 보는 것 같네.

고려 백운 경한 스님은 어려서 출가하여 수행하다가 원나라로 가 중국 임제종의 석옥 청공石屋 淸珙 화상으로부터 심법을 전해 받고 귀국했다. 간화선을 중심으로 하면서도 간화선을 뛰어넘고자 하였으며 선과 교를 아우르고자 했다. 선이 저무는 시기에 이러한 그의 노력은 한국 불교의 혜명慧命을 잇는 데 크게 기여했다. 뒤에 석옥 화상으로부터 사세송辭世頌을 받았는데, 이를 두고 태고太古와 백운 중 누가 석옥의 적사嫡嗣냐에 대한 논쟁이 있었다. 그 대답에 앞서 백운이 태고에게 보낸 편지 「기태고화상서寄太古和尙書」를 소개한다.

"우리 두 사람은 모두 석옥 선사의 제자입니다. 같은 스승 아래서 함께 배우고 공부한 일을 어떻게 생각하십니까? 남들에게 이 사실을 들려준 적이 있으십니까? 엎드려 바라건대 화상께서는 번거롭더라도 저에게 그 공안에 대하여 하나하나 가르침의 손길을 내려 주십시오俱是石屋之子 同參底事作麼生 還曾擧似人麼 伏望和尙 枉與弟子 於公案上 各出隻手……."

본래 시비가 없는데 후학들이 제대로 알지도 못하면서 괜히 시비를 만드는 것이 아닌지 모르겠다. 스님은 현전하는 가장 오래된 금속활자로 인쇄되었다는 『불조직지심체요절佛祖直指心體要節』을 짓기도 했다.

너는 너, 나는 나, 너는 네 멋대로, 나는 나 멋대로. 그래도 아무런 문제가 없다. 걸림도 없고, 시비도 없고, 좋고 나쁨도 없다. 함께 있어도 좋고, 헤어져도 좋고, 좋은 것도 없고, 싫은 것도 없다. 불교의 생명 존중 사상이 이런 것이다. 더 나아가 유정, 무정의 구별 또한 무의미하다. 바윗덩어리들도 감명을 받으면 머리를 끄덕인다頑石点頭고 했다.

"시냇물 소리가 가장 들어맞게 진실을 얘기하고 산빛 또한 근본을 비슷하게 보여 주는구나溪聲最親切 山色亦依俙."

四溟 惟政 ^{사명 유정}

四溟 惟政 사명 유정
在本法寺 除夜 재본법사 제야

四海松雲老
行裝與志違
一年今夜盡
萬里幾時歸
衣濕蠻河雨
愁關古寺扉
焚香坐不寐
曉雪又霏霏

이 넓은 세상에 이 늙은이 송운은
차림새와 생각이 서로 어긋나네.
한 해도 오늘 밤으로 다하는데
만 리 먼 땅 돌아갈 날 언제이리.
옷은 오랑캐 나라의 비에 젖는데
옛 절의 사립문이 닫힌 걸 근심하네.
향을 피우고 앉아서 잠들지 못하니
새벽 눈이 부슬부슬 내리네.

사명은『맹자』를 읽다가 출가할 뜻을 품어 직지사에서 승려가 되었고 제방을 순력하다 옥천산 상동암에서 깨달음을 얻었다. 청허의 법을 받았다.

임진왜란이 일어나자 조정의 요청으로 승군을 통솔하여 평양성을 회복하는 등 수많은 전공을 세웠고, 뛰어난 지혜와 배포로 왜장들을 감복시켰다. 전쟁이 끝난 후에는 사절 아닌 사절로 일본에 가게 되었다. 그나마 다행스러웠던 것은 간 사람은 생사에 요달了達한 선승이었고, 맞이하는 쪽은 일본 땅을 통일한 최고 실력자이자 불법에 상당한 이해가 있는 도쿠가와 이에야스였다. 이 처참하고 혼란한 와중에 이것은 조선에, 조선 백성에 복이었다.

서로 대면하자마자 도쿠가와 이에야스가 먼저 스님의 견처見處를 요량料量했다. "돌 위에는 풀이 나기 어렵고石上難生草, 방 안에는 구름이 일기 어렵다房中難起雲. 그대는 어느 산의 새이기에汝爾何山鳥 봉황이 노는 데 왔는가來參鳳凰群."

말하자면 잡새도 제대로 살기 어려운 땅의 잡새 축에도 못 끼는 새가 어찌 감히 봉황이 노는 데 왔느냐고 겁박한 것이다. 이에 사명은 "나는 본래 청산의 학이어서我本靑山鶴 항상 오색구름 위에서 노닐었는데常遊五色雲 하루아침에 운무가 사라져서一朝雲霧盡 꿩들이 노는 데 잘못 떨어졌다誤落野鷄群"라면서 바로 판을 뒤집었다. 이후 도쿠가와 이에야스가 스님에게 어떤 대접을 했는지는 더 이상의 설명이 필요 없을 것이다.

이 시는 스님이 외교 사절로 일본에 가서 교토 소재 본법사란 절에서 제야를 보내는 심정을 그리고 있다. 승려가 수행은 제쳐 둔 채 전투와 외교로 내달리는 처지를, 그것도 섣달그믐 날 밤에 적국 일본의 절에서 맞는 소회를 안타까운 심정으로 표현하고 있다.

누겁에 쌓인 세속의 업연은 그의 이런 심정에도 그를 시정으로 내몰기만 했으니 부처님의 대자대비도 숙연을 넘을 수는 없는 것인지.

"곳곳마다 돌아갈 길이요, 여기저기가 다 고향이다處處皆歸路 頭頭是故鄕."

天　道　無　親　常　與　善　人

하늘은 사사로움이 없다. 늘 선한 이와 함께 할 뿐이다.

李石亨 이석형
詠懷영회

虞時二女竹
秦日大夫松
縱有哀榮異
寧爲冷熱容

순임금 때의 두 열녀의 반죽斑竹이요
진시황 때의 대부 벼슬 받은 소나무이니
비록 슬프고 영화로운 것이 다르긴 하지만
어찌 차거나 뜨거운 얼굴을 나타낼 필요가 있겠는가.

저헌樗軒 이석형은 세종 23년(1441)에 생원·진사 두 시험에 이어 이듬해 식년 문과에도 장원을 하여 이름을 드날렸다. 좌정언 지제교를 거쳐 집현 전 교리 등으로 집현전에 근무하면서 성삼문 등 동료 학사들과 깊은 교분 을 나누었다. 세조 즉위 후 첨지중추부사에 제수됨으로써 14년간의 집현 전 생활을 마감했고, 이어 전라감사, 형조참판, 대사헌, 팔도도체찰사, 판 중추부사 등 요직을 두루 역임했다.

그는 천성이 관후하면서도 공사가 분명하고 논의가 의연하면서도 공 평하여, 수양대군 집권 시나 단종 복위운동 시 많은 사람들, 특히 집현전 출신들이 더러는 혹화를 입고 더러는 영달할 때 권력을 잡은 쪽도 그를 굴 복시킬 수가 없었고, 참소를 잘하는 쪽도 그를 이간시킬 수가 없었다고 하 니, 평소의 처신이 얼마나 중요한 것인가를 새삼 느끼게 한다.

이 시는 저헌이 전라감사로 재임 시 익산을 순찰하던 중 육신六臣이 참 혹하게 죽었다는 소식을 듣고 익산 동헌에 써 붙인 것이다.

'이녀죽二女竹'은 중국 순임금이 죽자 두 왕비 아황과 여영이 상강에 서 자결하면서 뿌린 피눈물이 대숲에 맺혀 반죽斑竹이 되었다는 고사이 고, '대부송大夫松'은 진시황이 태산에서 큰비를 만나 다섯 소나무 밑에서 비를 피할 수 있게 되어 벼슬을 내린 소나무를 말한다. 즉 전자는 단종 복 위를 꾀하다가 처형된 전 동료 성삼문 등을 비유한 것이고, 후자는 세조의 왕위 찬탈 등을 도와 영달한 전 동료 신숙주 등을 비유한 것이다.

전자의 죽음이 참으로 슬프고, 후자의 영화가 지극히 기쁜 것이 서로 다르긴 하지만, 모두 자신의 뜻에 따랐다면 슬퍼서 창백해질 것도 없고 기 뻐서 흥분할 것도 없다는 내용이다. 말하자면 늘 선택해야 하는 우리의 인 생에서 자신의 양심에 따라 행동했으면 그만이지 특별히 슬퍼하고 기뻐할 게 뭐 있느냐는 것이다.

염량세태炎涼世態(세력이 있을 때는 아첨하여 따르고 세력이 없어지면 푸대접 하는 세상 인심을 비유적으로 이르는 말)에 부화뇌동하여 권세에 아부하고 말 고 할 게 어디 있겠는가. 각자는 이에 동요하지 말고 맡은 바 본분사에 최선을 다하자는 내용의 시로 보이지만, 이 시 역시 곧바로 고변되어 처벌이 주청되었으나, 세조가 "이 시는 시인으로서 영물詠物한 것에 지나지 않는데 깊이 추궁할 필요가 있겠느냐"면서 논의를 덮었고, 그는 오히려 세조대에 크게 현달했다.

雍正帝 옹정제(胤禛윤진)

願以一人 治天下
不以天下 奉一人

천하는 한 사람이 책임지고 다스리되
천하가 한 사람만을 받들게 하지는 마소서.

❖
圓景十二咏之 深柳讀書堂원경십이영지 심류독서당

鬱鬱千株柳	무성하게 늘어졌구나, 천 그루 수양버들
陰陰覆草堂	서늘한 그늘이 초당을 덮고 있네.
飄彩拂硯石	나부끼는 실가지는 책상 위의 벼루를 떨고
飛絮點琴床	흩날리는 버들개지는 거문고 받침대에 쌓인다.
鶯囀春枝暖	꾀꼬리 노래에 봄 가지도 따뜻해지고
蟬鳴秋葉凉	매미 울음소리에 가을 잎도 서늘해지네.
夜來窓月影	밤이 되면 창에는 달 그림자
掩映簡編香	옛 책의 향기를 못내 가리는구나.

중국 청나라 옹정제 세종(애신각라 윤진愛新覺羅 胤禛)이 자신의 집무실인 양심전養心殿 기둥에 걸어 놓고 늘 되새겼다는 글귀이다.

'위군난爲君難(군주 노릇 하기 어렵다)'과 더불어 그의 심경을 잘 표현하는 말이다. 천하는 전적으로 선의의 사람인 그가 다스리되 자신을 위해서가 아니라 천하의 백성을 위해서 봉사하겠다는 것이다.

그는 온갖 어려움과 억측을 딛고 황제의 자리에 오른 후 이러한 자부심을 지키기 위하여 노심초사하였는데, 불교적 민본주의의 바탕 위에서 개인적인 애욕은 철저히 억제한 채 민생을 안정시키려고 노력했으며, 밥 먹는 시간까지 아껴 가며 하루 스무 시간 가까이 정무를 처리했다. 일일만기一日萬機의 자세로 무려 수천 명의 사람들과 일대일로 문서로 의견을 주고받는 통치를 했으니(『주비유지硃批諭旨』), 하루 스무 시간도 부족했을 것이다.

그래서인지 그의 아버지 강희제나 그의 아들 건륭제는 자주 강남으로 남순을 가고 북쪽으로 수렵을 다녔지만 그는 고작 원명원으로 향했다. 「원경십이영지 심류독서당圓景十二咏之 深柳讀書堂」❖ 은 그가 매우 좋아했다는 원명원 내의 심류독서당을 읊은 시이다.

그는 가장 선의의, 그러면서도 가장 완벽한 전제군주를 꿈꾸었다. 실제로 그는 이러한 노력을 통해 관료 사회의 부패를 일신하고 국부를 크게 축적하여 후대의 강역 확장과 문화 증진에 밑거름이 되었다는 평가를 받고 있다.

그러나 시간이 부족하다는 조급함에 때로는 지나치게 잔인하거나 독선적인 모습을 보이기도 했고, 지배층인 선비와 대상인 집단을 그들의 세력과 영향력을 간과한 채 종교적인 선악의 관념에 의한 당위만으로 양단하려 했다. 그런데다가 그는 폐쇄적 완벽주의자로서의 사고를 벗어나지 못했다. 그러다 보니 어느 누구도 완전히 신뢰할 수 없었고, 스스로는 늘 외로움과 부족함, 그리고 초조함에 지쳐 있었다. 이 엄청난 부담을 여인의 분 냄새에 파묻혀 잊어 보려 했지만 그게 가능한 때가 있기나 했던가. 그의 황제 등극이나 죽음이 모두 미스터리로 남은 것이 오히려 이 가련하고 처절한 사내의 삶의 노정에 위안이 될 듯하다.

역사가 오랫동안 그를 잔인하고 무도한 독재군주로 평가한 것은 어쩌면 당연하다 할 수 있을 것이니, 인간사를 선악의 관념으로만 재단할 수 있다면 얼마나 좋겠는가. 자고로 말이나 글 또는 양식을 과점하고 있는 자들과 싸워 제대로 꺾은 자가 몇이나 되던가. 절대 권력을 가진 황제라 한들 개인의 수명은 한정되어 있고, 구성원은 끝없이 삶을 계승해 가는데 그들을 그렇게 단순하게 제어하려 한 그의 기개가 놀랍다.

그는 『대의각미록大義覺迷錄』을 써서 유포할 정도로 문화적 소양과 자부심이 대단했고 스스로 수행하여 불교에도 이해가 깊어 원명거사로 칭하고는 『경해일적經海一滴』『교승의해教乘義海』 등 여러 권의 불교 서적을 남겼다.

중국이 개방과 더불어 옹정제를 재평가하는 것은 그의 민본주의를 제대로 보아서일까. 아니면 통제가 어려울 정도로 얽히고설킨 세상사, 특히 관료 사회의 부패를 법가적으로 양단해야 제어가 가능하다고 생각해서일까. 절대 선의가 현실적으로 가능할까, 선의로 행하면 독재제의 구조적 폐단도 극복할 수 있을까. 중국몽을 실현하려고 노력하는 시진핑이 마음속으로 품은 자는 누구일까? 이 사내, 혹은 당 태종?

그는 과연 성공할 수 있을까. 이 사내를 넘어서는 육도와 방략을 준비하고 있는가. 그가 말한 대로 "천 리 너머를 바라보려고 다시 누각을 한 층더 올라갔는가欲窮千里目 更上一層樓"(왕지환王之渙의 「등관작루登鸛雀樓」 중에서). 아른거리는 그림자는 무엇인가!

圓鑑 沖止 _{원감 충지}

偶書一絶 우서일절

雨餘庭院靜如掃
風過軒窓凉似秋
山色溪聲又松籟
有何塵事到心頭

비 온 뒤의 뜰 안은 쓴 듯이 고요하고
바람 지나는 난간은 가을인 듯 시원하다.
산 빛과 물소리, 그리고 솔바람 소리
또 무슨 세상일이 이 마음에 이르나?

원감 국사 충지는 고려시대 선승으로 어려서부터 글을 잘 지었고, 19세에 문과에 장원으로 급제하여 한림이 되었다. 그러나 29세에 선원사의 원오圓悟 국사 문하에 들어가 승려가 되었고, 오랜 수행 끝에 부처의 혜명을 이어 조계曹溪 6세가 되었다. 중국 원나라 세조가 대도로 청하여 빈주賓主의 예로 맞이하고 금란가사와 백불白拂을 선사했다. 저서로는 문집인 『원감 국사집』 1권이 남아 있으며, 『동문선』에도 시와 글이 많이 수록되어 있다.

이 시는 산중에서의 삶을 통하여 자연과 하나가 된 자신의 경지를 보여 주고 있다. 산 빛과 물소리, 그리고 소나무 사이로 바람 지나가는 소리……. 이게 전부이다. 그 이상 무엇이 필요하겠는가. 만약 그 외 세상사가 마음 머리로 달려온다면, 그래서 그것에 빠진다면 아직 공부가 익지 않은 탓이다.

"좋은 일도 오히려 아무 일 없는 것만 못하니 태평시대에는 근심 걱정 없이 서로를 잊고 살기 마련이다好事不如無事好 太平時代合相忘."

李奎報^{이규보}

山夕詠井中月二首산석영정중월이수

山僧貪月色
幷汲一瓶中
到寺方應覺
瓶傾月亦空

산에 사는 스님이 달빛을 탐내
물과 함께 한 병 속에 긷고 있네.
절에 이르면 바야흐로 응당 깨달으리
병을 기울이면 달도 또한 없음을.

이규보는 고려 중기의 문인으로 자는 춘경春卿, 호는 백운거사白雲居士이다. 어려서부터 신동으로 알려졌으나 일찍부터 술과 노는 것을 좋아하여 과거 급제가 늦었고 출세의 기회를 얻지 못하고 『장자』에 심취하는 등 야인으로 지냈다. 최충헌 정권 요직자들에게 청탁하여 본격적으로 출사하여 직한림, 문하시랑 평장사 등을 역임했다. 이를 두고 권력에 아부한 지조 없는 문인이라는 평가와 대몽 항쟁에 힘을 보태기 위해서였다는 평가가 대립되었다.

이규보는 순수하고 양심적인 관료였지만 소심하였다고 한다. 가문을 일으키고 명예를 드러냄과 아울러 대몽 항쟁에도 함께하려는 욕심에서 출세를 지향한 것으로 보이고, 그가 무인 정권의 실력자 최이崔怡에게 감사의 시를 바친 것도 이런 심정에서 한 것으로 이해하고 싶다.

그의 저서 『동국이상국집』에 실린 「동명왕편」을 보면 "우리 민족은 유구한 역사와 뛰어난 능력을 지닌 빼어난 민족인 바 관인寬仁으로 왕위를 지키고 예의로 백성을 교화하여 길이길이 이어 나가자永永傳子孫"라고 말하고 있는데, 이런 민족의식의 고취를 통하여 당시의 국난을 극복하려는 자세를 보여 주었다는 점 등도 이러한 해석의 근거가 될 수 있을 것이다.

이 시는 얼핏 보면 저녁때 산속에서 우물에 비친 달을 노래한 것 같지만 실제는 불교의 선도리禪道理를 이야기한 것이 아닌가 한다. 하늘에도 달이 있고 우물 속에도 달이 있다. 그 달을 건지기 위하여 병에 물을 담았다가 쏟아 보니 달은 없다. 원숭이가 연못 속의 달을 건지려다 달은 건지지 못하고 몸만 물에 빠지는 격이라고 할까. 수행을 독려하는 시이다.

천강유수천강월千江有水 千江月이다. 달이 천 개의 강에 비쳐 천 개의 달이 보여도 그것 또한 달 그림자 아니겠는가. 본래의 달은 어디 있는가!

枕肱 懸辯 침굉 현변

清夜聞磬청야문경

一聲淸磬夢初醒
驚起松窓月掛明
安得思如陶謝手
令渠寫我此中情

맑은 풍경 소리에 바로 잠에서 깨어
놀라 일어나 보니 창밖 소나무에 달이 밝게 걸렸네.
어찌하면 도연명이나 사영운과 같은 솜씨를 얻어
나의 이 기분을 그려 내 볼까!

어린 시절부터 총명해 신동이라 불렸던 현변 스님은 화순 만연사 탑암에서 13세 나이로 출가해 소요 태능 선사의 법을 이었다. 18세에 죽을 고비를 넘긴 후 심즉불心卽佛임을 깨닫고 일심一心을 주인으로 삼아 도를 크게 성취했으며, 중국 달마의 면벽 수행처럼 벽관 수행으로 일가를 이루었다.

스님은 '침굉'이란 법호가 말해 주듯 일생 동안 팔꿈치를 베고 잠을 잔 스님으로도 잘 알려져 있다. "교를 버리고 참선하라放教參禪"라며 참선의 중요성을 역설했지만, 조선 중기 문인 윤선도의 총애를 받을 정도로 교학에도 뛰어났던 것으로 전해진다. 문학과 서예에 능했으며, 저서에는 『침굉집』이 있다.

밝고 맑은 밤, 깜박 졸다가 풍경 소리에 놀라 깨어 창밖을 보니 무어라고 표현하기 어려운 가운데 끝없는 황홀감과 환희심이 솟아오르고 있다. 겨우 진정하여 다시 생각해 보니 도연명이나 사영운謝靈運(중국 남북조시대 송나라의 시인으로 산수시山水詩의 개척자)쯤 와야 한 토막이라도 표현할 수 있을 것이라는 생각이 든다.

시자야, 차 내어라. 저 달과 대작하자꾸나.

"이글거리는 화로에 눈꽃이 날리고 한 점 맑고 시원한 바람이 뜨거운 번뇌를 식힌다紅爐焰上雪花飛 一占淸凉除熱惱."

浮休 善修 ^{부휴 선수}

宿空林寺 숙공림사

雪月三更夜
關山萬里心
淸風寒徹骨
遊客獨沈吟

눈에 비친 달 밝은 삼경의 밤
고향 가는 만 리의 마음
뼈에 스미는 맑고 차가운 바람
나그네 홀로 읊조리는 외로운 시.

부휴 선수 스님은 조선 중기의 고승으로 부용芙蓉 스님의 법을 이었다. 지리산, 금강산 등지에서 수행했으며 법력이 높아 임진왜란 때 우리나라에 주둔한 명나라 장수가 자주 찾아가 고견을 구하는 등 여러 일화를 남겼다. 광해군으로부터 존숭을 받았으며 각성覺性에게 법을 잇게 했다.

특히 스님이 신도들로부터 시주 물건을 받으면 하나도 남김없이 그 자리에서 나누어 주어 무소유와 무주상보시를 몸소 보여 준 것은 후생들에게 크게 경책이 될 듯하다.

아무도 없는 빈 절에서 하룻밤을 보낸다. 달 밝은 밤에 눈이 내려 눈이 흰 것인지 달이 흰 것인지 천지가 희다. 외롭고 춥다 보니 마음이 절로 고향으로 달려가지만 스님에게 고향이 어디 따로 있으랴. 만리유정萬里有情이면 만 리가 다 고향 아니겠는가.

창밖에서 스며드는 찬 공기는 뼛속으로 사무치는데 이 추위와 외로움을 무엇으로 달랠까. 혼자 입으로 시나 흥얼거리고 있다.

"흰 구름을 사고 맑은 바람을 팔았더니 집안의 재산은 온통 흩어져 뼈가 시리도록 가난하다白雲買了賣淸風散盡家私徹骨窮."

李舜臣 이순신
行狀 행장

丈夫生世 用則效死以忠,
不用則 耕野足矣 若媚要人 竊浮榮 吾恥也

대장부가 세상에 태어나 쓰이면 죽을힘을 다해 충성할 것이요,
쓰이지 못하면 농사짓고 살면 족하거늘 권세 있는 자에게
비위를 맞추어 뜬 영화를 훔치는 것은 나에게는 수치로다.

❖
閑山島夜吟 한산도야음

水國秋光暮	바다에 가을빛 저무니
驚寒雁陳高	추위에 놀란 기러기 떼 높이 나네.
憂心轉轉夜	근심에 잠 못 들어 뒤척이는 밤
殘月照弓刀	기우는 달이 활과 칼을 비추네.

충무공 이순신이 한 말로 승지 최유해崔有海가 쓴 『행장』에 기록되어 있다.

공은 이 말대로 살다 갔다. 『행장』에 의하면 "공公은 엄하고 진중하여 위풍이 있는 한편 남을 사랑하고 선비에게 겸손하며 은혜와 신의가 분명하고 식견과 도량이 깊어 기쁨과 노여움을 잘 나타내지 않았다"라고 한다. 나라를 위하여 최선을 다하였으며, 자신의 출세나 명리를 위해 어느 누구에게도 머리를 굽히지 않았고, 모함이나 부당한 처우에도 흔들림 없이 당당하게 나아갔다. 그는 숭고한 인격, 지극한 충성심, 뛰어난 통솔력, 사私를 버린 공인 정신, 그리고 뜨거운 인간애를 갖추어 신인神人의 경지에 가까이 간 사람이다. 그것도 스스로 지성으로 탁마하여 이룬 것이다. 그러다 보니 『난중일기』를 보면 그가 어려운 상황에 처하면 하늘이나 신도 미리 기미를 보이고 그를 도왔다.

그러나 당리당략과 자신의 안위에만 매몰되어 있던 선조나 당시 위정자들은 공을 의심하고 시기하며 공이 능력을 발휘할 기회마저 제대로 주지 않았다. "조정에서 사람 쓰는 것의 마땅함을 모르고 그 재주를 다 펼치지 못하게 하였다. 병신·정유년 사이 통제사를 갈지 않았던들 어찌 한산도의 패몰敗沒을 초래하여 양호兩湖 지방이 적의 소굴이 되었겠는가."(『선조실록』) "하늘을 날줄 삼고 땅을 씨줄 삼아 천하를 경륜할 인재요, 하늘을 깁고 해를 목욕시킬 만한 큰 공로를 세웠다有經天緯地之才 補天浴日之功."(진린, 명) 이러한 경지에 이르다 보니 그의 죽음을 믿지 않고 후일 계속해서 여러 의문이 제기되었던 것이다.

그럼에도 원균元均과의 관계는 이해하기가 쉽지 않다. 『난중일기』를 보면 "그 흉악하고 음험함을 무어라 말로 표현할 수 없다其爲兇險無狀無狀(계사년 2월 23일)"를 시작으로 원균에 대한 거친 비판과 비난이 계속해서 이어지는데, 원균의 성정이야 그렇다 치더라도 왜 공이 그렇게까지 말하는지, 질기고 모진 숙세의 악연이 두 사람을 같은 장소에, 그것도 동시에 내려놓은 것 같아 참으로 안타깝다. 널리 알려진 시「한산도야음閑山島夜吟」❖에도 공의 우국충정이 절절히 나타나 있다.

柳成龍 유성룡

懲毖錄 징비록

『懲毖錄』者何 記亂後事也 其在亂前者 往往亦記 所以本其始
也 嗚呼 壬辰之禍慘矣 浹旬之間 三都失守 八方瓦解 乘輿播
越 其得有今日 天也 亦由祖宗仁厚之澤 固結於民 而思漢之
心未已 聖上事大之誠 感動皇極 而存邢之師屢出 不然則殆矣
『詩』曰 "予其懲而毖後患" 此『懲毖錄』所以作也

『징비록』이란 무엇인가? 임진왜란 후의 일을 기록한 것이다. 한편,
임진왜란 전의 일도 가끔 기록한 것은 임진왜란이 그로부터 비롯되
었기 때문이다.

아아, 임진년의 재앙은 참담하였다. 수십 일 사이에서 세 도읍(한
양·개성·평양)을 상실하였고 팔도가 와해되었으며 임금이 피난하는
지경에 이르렀음에도 지금과 같이 평화를 되찾은 것은 하늘 덕분이
다. 또한 역대 임금의 어질고 두터운 덕택이 백성들에게 굳게 맺혀
(백성들이) 나라를 생각하는 마음이 그치지 않았고, 우리 임금께서
명나라를 섬기는 정성이 황제를 감동시켜 천자국이 제후국을 돕는
군대를 여러 차례 보냈으니, 이러한 일들이 없었다면 나라는 위태
하였을 것이다. 『시경』에 "나는 지난 일을 징계하여 후환을 조심한
다"라는 구절이 있다. 이것이 『징비록』을 지은 이유이다.

조선 선조 때의 재상 서애西厓 유성룡이 지은 『징비록』 서문의 일부이다.

서애는 4세 때 이미 글을 깨우쳤으며 퇴계에게 학문을 배웠다. 20세 때 관악산 암자에서 홀로 『맹자』를 읽고 있었는데 스님이 그의 담력을 시험해 보고는 큰 인물이 될 것임을 예언했다고 한다. 『선조실록』 「졸기卒記」에도 "여러 책을 널리 읽어 외우지 않은 것이 없었는데 한번 눈을 스치면 훤히 알아 한 글자도 잊어버리는 일이 없었다"라고 쓰고 있다.

23세에 진사시에 합격하여 벼슬길에 들어섰으며 대사간, 도승지, 대사헌, 대제학, 병조판서, 영의정 등 내외의 요직을 두루 거쳤다. 임진왜란이 일어나자 군기를 관장하게 되었고 전란 동안 도체찰사, 영의정으로서 사실상 정부를 이끌었다. 그러나 1598년 명나라 경략經略 정응태丁應泰의 무고 사건과 관련하여 북인의 탄핵으로 관직을 삭탈당하고는 낙향했다. 그 뒤 관직이 회복되었지만 왕의 부름을 거절하고 고향을 지키다가 세상을 하직했다. 청백리에 녹선되었다.

서애에 대한 평가는 당대부터 극과 극을 달렸다. 당쟁과 임진왜란이라는 내우외환의 소용돌이 속에서 최고의 자리에 올랐던 만큼 벼슬에 있었을 때나 물러났을 때나 어느 정도 비난을 벗어나기는 힘들었겠지만 서애의 경우에는 더 심했다.

퇴계의 학문을 잇는 수제자라는 칭찬과 정사를 오래 맡았으나 잘못된 풍습을 구해내지 못하였다는 비판에서부터 국난극복을 위해 두보와 같이 충성을 다한 신하였다는 긍정적인 평가와 일본과 강화 협상을 주장하여 나라를 망친 동탁董卓과 같은 간신이라는 평가까지 있었다.

그러나 서애는 임진왜란과 같은 초국가적 비상 상황에서 나라와 백성을 책임지고 있던, 그것도 선비로서 지극히 실용적인 선택을 했다. 즉 나라와 백성을 구하는 데 도움이 되는 일을 하겠다는 것이었다. 그는 성리학자였지만 도학이나 거창한 담론보다는 현실적인 해결책을 더 중요하게 여긴 것으로 보인다. 이렇게 본다면 서애는 이순신, 권율 등의 천거에서 보듯이 선견지명으로 인재를 등용하고 자주국방을 통하여 미증유의 국난을 극복한 명재상이었다고 평가할 수 있을 것이다.

『징비록』은 서문에 쓴 대로 서애가 임진왜란이 끝난 뒤 벼슬에서 물러나 고향으로 돌아와서 지은 것으로, 1592년부터 1598년까지 7년 동안 전쟁을 치르면서 겪고 들은 것을 기록하고 있다.

이 책에는 임진왜란 당시의 이야기가 대부분이지만 임진왜란의 원인을 밝히는 데 도움이 될 수 있도록 전쟁 이전의 대일 교섭 사항 등에 관하여도 기술해 놓고 있다.

朱熹 주희
九曲棹歌 구곡도가 5

五曲山高雲氣深
長時煙雨暗平林
林間有客無人識
欸乃聲中萬古心

오곡은 산은 높고 구름 짙은데
사철 안개비로 평림이 늘 어둡다.
숲 속의 나그네를 그 누가 알랴만
노 젓는 소리에 떠오르는 한없는 마음이여.

주희는 중국 송나라의 유학자로 자는 원회元晦, 호는 회암晦庵이다. 14세에 부친이 타계하자 유백수劉白水 등을 사사하면서 불교와 노자의 학문에 관심을 가졌으나 24세에 이동李侗을 사숙하면서 거의 천여 년 동안 불교와 도교에 가려 사상의 주도적 지위를 상실한 유학의 학문적, 사상적 위상을 회복하려는 운동에 본격적으로 가담하였고, 여동래呂東萊 등과 교유하면서 유학을 크게 발전시켰다.

이른바 '송조오현宋朝五賢'이라는 주돈이, 장재, 정호, 정이, 소옹 등의 학문적 연구를 심화시키고 집대성하여 『논어』『대학』『중용』『맹자』 등 사서를 새로 쓰고(『사서집주四書集注』), 『주역』 등 오경을 다듬었으며, 주자학의 교과서라는 『근사록近思錄』을 짓기도 했다.

19세에 진사시에 급제하여 71세에 세상을 떠날 때까지 여러 관직을 거쳤지만 현직은 고작 9년 정도였고 대부분 명목상의 관직이어서 학문에 전념할 수가 있었고, 천성이 학리의 천착과 연구에 맞았다.

만년에는 고위직에도 오를 기회가 있었으나 직언과 소신을 피력하면서 기존의 정치판과 타협하지 않아 오히려 쫓겨났고, 정적인 한탁주에 의해 그의 학문이 부정되고 저서의 간행과 유포가 일시 금지되기까지 했다.

주희의 성리학은 중국은 물론 우리나라, 일본, 베트남 등 동아시아 지식인 사회에 큰 영향을 끼쳤으며 그의 사서에 대한 주석은 중국에서는 원나라 때부터 청나라가 망할 때까지, 그 외 나라에서도 국가 과거시험의 표준적인 지침이 되었다.

특히 그의 학문과 사상은 조선 500년을 거의 절대적으로 지배하여 조선 사회의 사상과 문화, 그리고 생활의 이념이 되었다. 송시열宋時烈은 "세상의 모든 이치는 주자가 이미 완벽하게 밝혀 놓았다. 그러므로 주자의 말씀에서 조금이라도 어긋나는 주장을 하거나 주자와 다른 경전의 주석을 다는 자는 사문난적일 뿐이다"라는 주장까지 하였으니, 이런 독선적 태도는 조선 사회가 파벌이 형성되고 형식과 명분, 그리고 체면 등이 보태짐으로써 이념이 되고 도그마가 되어 조선 중기 이후 사상과 학문의 자유로운 형성을 크게 저해했음은 물론 사화와 당쟁의 원인이 되었고, 사회 발전에도 부정적인 영향을 끼쳤다.

한마디 덧붙이자면 '자子'란 본래 중국에서 노인에 대한 경칭 또는 스승에 대한 존칭 등으로 사용되었으나 주자학이 성립되면서 '자'란 '만세유통萬歲流通할 자'로 사상이나 학문이 만 년은 갈 수 있는 사람에게 붙이는 존칭이라고 하면서 주희를 포함한 송조육현에게 모두 '자'를 붙여 부르기 시작했다. 우리나라는 정조가 송시열의 문집을 편찬하면서 '송자대전宋子大全'이라고 제목을 달아 우리나라 사람으로는 유일하게 '자'의 칭호를 받은 사람이 되었다. 송시열은 사사賜死되었음에도 문묘에 배향되고, '문정文正'을 시호로 받았으며, '송자宋子'로 존칭되었으니 참으로 특이한 경우이다. 사사도, 문묘 배향도, 시호도, 송자 존칭도 다 나랏일이었는데 나랏일을 이렇게도 할 수 있으니 변통이 많아서인가.

이 시는 주희가 거의 평생을 보낸 복건성의 무이산을 그리고 있다. 무이산 구곡계의 흐름을 거슬러 올라가면서 제1곡부터 제9곡까지의 경치와 감회를 읊은 것 중에서 이 시는 다섯 번째 계곡이 굽이치는 은병봉 아래 평림 나루터 근처에 초막을 짓고 무이정사라 이름한 그곳의 모습과 감회를 노래한 것이다.

산은 높고 구름은 짙은데 늘 안개비가 내려 어둡다. 그곳에서 학문을 연마하는 인생의 나그네를 누가 제대로 알아볼 수 있으리오. 계곡의 노 젓는 소리에 참으로 아득한 세월에 걸쳐 갈고 닦은 마음이 절절하다. 산수를 읊은 것이지만 다른 한편으로는 산수를 빌려 학문의 심오함과 그 연찬의 멀고 먼 마음을 노래하고 있다.

조선 최고의 유학자라는 이황의 「차무이도가」, 이이의 「고산구곡가」, 그리고 송시열의 「화양구곡가」 등이 모두 이것을 따르고 본받은 것이니, 바람이 있다면 그 글들이 주희의 글에 비해 격이 더 높고 더 뛰어나다는 평가를 받기를, 그것도 우리나라 사람이 아닌 중국의 대가들로부터 그렇게 평가받기를 희망해 본다.

천하는 한 사람이 책임지고 다스리되
천하가 한 사람만을 받들게 하지는 마소서.

願以一人 治天下
不以天下 奉一人

中觀 海眼 중관 해안
莫相疑行막상의행

非魚魚樂本無知
君亦非吾辯者誰
自有長江千萬里
相忘魚我莫相疑

물고기가 아니면 물고기의 즐거움을 알 수 없고
그대 내가 아니다라고 말하는 이는 누구인가.
천 리 만 리 흐르는 긴 강 언제나 있어
나다, 물고기다 하는 상을 잊고 서로 의심하지 말자.

중관 해안 스님은 조선 중기의 승려로 서산대사의 제자이다.

스님은 사대부 가문 출신으로 어려서는 신동으로 불렸으나 출세가 덧없음을 깨닫고 출가했다. 임진왜란 때는 영남에서 승군을 일으켜 큰 공을 세워서 종1품직인 판사判事를 받기도 했다. 그러나 승려의 본분은 수행과 중생 제도에 있다 여기고 헛된 명예를 버리고 지리산에서 수행 정진했다.

서로 의심하지 말라는 시이다. 꼭 내가 아니면 모른다면 네가 내가 모른다는 것도 몰라야 하지 않는가? 물고기다, 나다 하는 관념에 집착하여 서로 의심하지 않는다면 어락魚樂, 아락我樂에 무슨 차이가 있겠느냐는 차원 높은 이야기이다.

'어락'이란 장자가 한 말로, 장자가 여울에서 노는 물고기를 보고 "한가롭고 조용하구나. 고기의 즐거움이여" 하니, 혜자가 "자네가 물고기가 아닌데 어떻게 물고기의 즐거움을 아는가" 했다. 장자가 다시 "자네는 내가 아닌데 어떻게 내가 물고기의 즐거움을 모른다는 것을 아는가" 하니, 혜자가 "내가 자네가 아니니 자네를 알 수 없듯이 자네가 물고기가 아니니 자네가 물고기의 즐거움을 모르는 것은 당연하다"고 대답하니, 장자가 다시 "그 근본을 따르라, 자네가 말한 것은 이미 내가 알고 있는 것을 알고 물은 것이다. 나는 여울물 위에서 알았다"고 했다.

"생각을 일으키면 그것과 어긋나고 분별하면 바로 잃어버린다動念卽乖 擬心卽失**."**

眞覺 慧諶 진각 혜심
對影대영

池邊獨自坐
池底偶逢僧
黙黙笑相視
知君語不應

나 홀로 못가에 앉았다가
우연히 못 밑의 중을 만나다.
잠자코 웃으며 서로 바라보고
그대 안다 말해도 대답이 없네.

진각 혜심 스님은 고려 후기의 승려로 자는 영을永乙, 호는 무의자無衣子
이다.

스님은 사마시에 합격하여 태학에 들어갔으나 어머니의 병시중을 하
다 관불삼매觀佛三昧에 들어 어머니의 병이 나았다. 이후 관직을 버리고
승려가 되어 수행 정진했다. 지리산 금대암에서 좌선할 때는 눈이 내려 이
마까지 묻히도록 움직이지 않아 사람들이 걱정되어 흔들어도 대답하지 않
고 수행하여 마침내 깊은 깨달음을 얻었다고 한다.

보조 국사가 죽자 칙명으로 법석을 이어받았으며, 학인들이 구름처럼
몰려들어 늘 장소가 비좁았다. 조계 제2세이다. 그 유명한『선문염송禪門
拈頌』의 저자이다. 조사로서의 품격을 따진다면 한국 선종사에서 필적할
만한 선사를 찾기가 쉽지 않고 우리나라 조사선·간화선의 종조로 자리매
김할 만한 충분한 요건을 갖춘 걸출한 인물로 평가되고 있다.

연못 속에 있는 스님은 다른 사람 아닌 바로 자기 자신이다. 그런데 우
리는 늘 남이라고 생각하고 처신한다. 나의 움직임 하나하나는 거울이 없
더라도, 물이 없더라도 세상 자체가 거울이 되어 그대로 비쳐 주고 있다.
그런데 나만 모르고 설마 누가 알겠나 하고 사는 게 중생 아닌지.

참고로 스님이 누설한 천기를 소개한다.

"가랑비가 부슬부슬 내리니 천기가 이미 누설되었고 맑은 바람이 솔솔 부
니 조사의 뜻이 온통 다 드러났다. 단지 시절인연을 관찰할 일이며 그렇다
고 헤아릴 필요는 없다 細雨霏微 天氣已洩 淸風淡蕩 祖意全彰 但觀時節 不要
商量."

豫章 宗鏡 예장 종경

報化非眞了妄緣
法身淸淨廣無邊
千江有水千江月
萬里無雲萬里天

보신불이나 화신불은 참이 아니고 망연에 따른 것이지만
법신불은 청정하여 가이없구나.
천 강에 물 드니 천 개의 달이 뜨고
만 리에 구름 없으니 만 리가 하늘이로다.

이 글은 『금강경』 중 "무릇 형상이 있는 것은 모두 허망하다. 만약 모든 형상을 형상이 아닌 것으로 볼 수 있다면 곧 여래를 보리라凡所有相 皆是虛妄 若見諸相非相 卽見如來"라는 구에 대한 종경 스님의 착어着語이다.

스님은 중국 송(당?)나라 사람이라 하지만 행적을 찾기가 어렵고 지혜와 자비가 넘치는 나한으로만 알려져 있다. 『금강경』에 탁월한 주석을 달아 보다 쉽게 이해할 수 있게 했다.

글 중 '천강유수천강월 만리무운만리천千江有水千江月 萬里無雲萬里天'은 그 본래의 의미와 상관없이 워낙 여러 사람이 나름대로 의미를 부여하고, 의미를 찾고, 또 의미를 만들어서 세인에게 크게 회자되고 있다. 불교 장엄염불송 중 '고성염불 십종공덕高聲念佛 十種功德'에도 위 구가 들어 있다.

寒山 한산

人間寒山道
寒山路不通
夏天氷未釋
日出霧濛朧
似我何由屆
與君心不同
君心若似我
還得到其中

사람들이 한산 길을 묻지만
한산 가는 길은 잘 모른다.
여름에도 얼음이 풀리지 않고
해가 떠도 안개 자욱할 뿐이네.
나를 닮았다고 어찌 나와 같겠는가
그대와 마음이 같지 않은 것을.
그대의 마음이 나와 같다면
도리어 그곳에 갈 수 있으리라.

한산은 괴팍한 성격의 기인 선승으로 습득拾得과 더불어 중국 당나라 때 천태산 국청사의 스님 풍간豊干의 제자로 알려져 있지만 실존 인물인지의 여부는 불분명하다. 한산은 문수보살의 재현이고 습득은 보현보살의 화신이라고 하며, 누더기 차림으로 파안대소하는 선화禪畵의 주인공으로도 유명하다.

한산의 시는 주로 세상에 대한 풍자와 인과응보를 주제로 하고 있으며, 그가 흥에 겨워 나뭇잎이나 촌락의 벽에 써놓은 것을 모았다고 하나, 물론 누가 모은 것인지도 불분명하다.

이 시는 한산이 사는 곳을 설명하는 것 같지만 실제는 한산 그 자체에 대하여 이야기하고 있다.

나를 닮았다고 하여 나는 아닌 것이다. 마음이 완벽하게 일치하지 않으면 그는 나는 아닌 그인 것이다. 내가 그고, 그가 나라면 이미 공부는 끝난 것이다. 선도리를 이야기하고 있다.

涵虛 己和 _{함허 기화}

途中作도중작

九龍山下一條路
無限春光煥目前
紅白花開山影裡
行行觀地復觀天

구룡산 아래 한 줄기 길
눈앞을 밝히는 끝없는 봄빛
산 그림자 속 여기저기 널린 희고 붉은 꽃
가다가 가다가 땅도 보고 하늘도 보고

기화 스님은 조선시대의 승려로 당호堂號는 함허, 호는 득통得通이다.

스님은 성균관 유생으로 활동하다가 친구의 죽음을 보고 출가했으며 무학 대사에게서 법을 배웠다. 여말선초의 왕조 교체기에 살면서 조선의 유교 이념에 바탕한 불교 배척론에 대해 이론적 반론을 활발하게 전개했다.

깊은 산속 외갈래 길, 진리의 길을 봄빛이 환히 밝혀 주고 있다. 붉은 꽃과 흰 꽃, 화화花花 초초草草. 진리가 현신한 것이다. 즐겁다고 그에 빠지면 진리는 놓친다. 마음은 놓아 버리고 하늘도 보고 땅도 본다. 늘 아래, 위를 살피면서 깨어 있어야 한다는 뜻이리라.

"물이란 물은 모두 달을 머금고 산이란 산은 모두 구름을 띠고 있다存水皆含月 無山不帶雲**."**

삶의 염세적 표현으로, 세간에 널리 알려져 있는 '태어남이란 한 조각 뜬구름이 일어나는 것이요, 죽음이란 한 조각 뜬구름이 없어지는 것이다生也一片浮雲起 死也一片浮雲滅'라는 구절이 스님이 지은 게송의 일부이다. 물론 스님이 말하는 본래의 뜻과는 천리현격이다.

虛應 普雨 ^{허응 보우}

別寶上人 별보상인

波飜人事儘難知
莫謾重來五作期
物豈與天先有約
春風無樹不生枝

물결처럼 번듯이는 인간사 알기 어렵고
부질없이 다시 온다 미리 기약하지 말자.
하늘과 더불어 선약 없는 만물
봄바람 불어오니 나무마다 움트는 가지.

허응 보우 스님은 조선 명종 때의 승려로 15세에 출가하여 금강산 일대의 장안사, 표훈사 등지에서 수련을 쌓고 학문을 닦았다. 이후 문정왕후의 신임을 얻어 봉은사와 봉선사를 각각 선종과 교종의 본사本寺로 정하고, 승과를 부활하는 등 불교의 부흥을 위해 노력했다. 특히 조선조의 배불 정책이 극에 달했을 때 승과를 통하여 승려 4천여 명을 선발하는 등 불교의 위상을 회복하는 데 결정적 기여를 했다.

문정왕후가 승하하자 유신의 참소로 인하여 제주도로 유배되었다가 제주목사에게 피살되었다. 그러나 이때 양성된 승려들이 임진왜란 때 승군의 중심이 되어 나라를 구하는 데 앞장섰으니, 이것 또한 역사의 아이러니가 아닌지.

앞으로 닥칠 일을 알기 어려운 것이 인간이고, 그러나 이를 알고 싶어 안달하는 것 또한 인간이다. 그래서 약속을 한다. 하지만 자연의 세계에는 약속이 없다. 겨울이 가면 봄이 오고, 봄바람이 불면 꽃이 피고 잎이 난다. 약속이 아닌 순리인 것이다. 진리의 세계가 이러한 것 아닌지.

"산꽃이 피니 비단과 같고 계곡물은 쪽빛보다 더 푸르다山花開似錦 澗水碧於藍."

黃庭堅황정견

靜坐處茶半香初
妙用時水流花開

선정에 들어갈 적에는 차반이고 향초였는데
깨달으니 꽃 피고 물 흐르네.

題陽關圖제양관도

斷腸聲裏無形影　　단장의 노래는 형체도 그림자도 없거늘
畵出無聲亦斷腸　　소리 없는 그림 역시 마음을 슬프게 하는구나.
想得陽關更西路　　양관에서 서쪽으로 더 들어가면
北風低草見牛羊　　북풍에 고개 숙인 풀 뒤로 소와 양들만 보이겠지.

황정견은 중국 북송의 시인이자 서예가로 자는 노직魯直, 호는 산곡山谷이다. 23세에 진사시에 합격하여 관직에 나갔으나 귀양살이를 벗어나지 못했다. 그러나 시문에 뛰어나 강서시파江西詩派의 문을 열었고, 소식과 함께 소황蘇黃으로 불렸다. 서예가로도 이름이 높았고, 차에도 일가견이 있었으며, 효자로도 널리 알려졌다.

이렇듯 그는 시·서·화에 뛰어난 송대의 대문장가이기도 했지만 회당 조심懷堂 祖心 선사를 스승으로 삼아 불법佛法에도 일가를 이루었다. 그는 "너는 『논어』도 읽지 아니했는가? 『논어』의 말대로 '내가 달리 숨긴 게 없다 吾無隱乎爾'"라는 스승의 말에 충격을 받고 발심하여 선지禪旨를 얻었다. 높은 벼슬에 득도까지 하여 득의만만하던 그는 스승의 영결식 때 사제師弟인 사심오신死心悟新 선사로부터 "죽은 뒤 어디서 만납니까?"라는 물음에 제대로 대답을 못하여 크게 망신을 당한 후 다시 발심하여 귀양 가는 도중에 결국 본래 면목을 보았다.

이 글은 추사 김정희의 글씨로 더 널리 알려졌는데, 차를 마시는 사람을 비롯하여 이른바 문화인들이 즐겨 인용하는 글귀로, 재미있는 것은 백이면 백 모두 우리말 옮김이 다르다는 것이다.

짐작하다시피 이 글은 산곡이 수행하여 얻은 것을 읊은 일종의 오도송이다. 글마디보다는 마음으로 받아야 산곡의 심경의 일부라도 짐작할 수 있을 것이다. 이 점을 고려하여 여기에서도 뜻을 이해하는 데 도움이 되는 범위 내에서 그 취지만 적었다. 성현이 이르길 읽고 또 읽으면 도道의 경지에는 가지 못하더라도 문리文理는 통할 수 있다고 하였으니……

참고로 산곡은 강서시파의 영수로 특히 시에 있어서 탈태환골을 주창했는데, 「제양관도題陽關圖」◈는 탈태환골법을 이용한 대표적인 시 중 하나로 꼽힌다.

金基秋 김기추
臨終偈임종게

無辺虛空一句來
案山踏地大圓鏡
於此莫問知見解
二三六而三三九

가이없는 허공에서 한 구절이 오니
허수아비 땅 밟을새 크고 둥근 거울이라
여기에서 묻지 마라 지견풀이 가지고는
이삼이라 여섯이요 삼삼이라 아홉인걸.

1985년 8월 2일, 여름 해제식을 끝으로 지구라는 행성을 떠나신 백봉白峯 김기추 거사의 임종게이다.

백봉 김기추 거사는 1908년 부산에서 태어났으며, 원래 무신론자였지만 일제 강점기 만주로 도피하여 항일 운동을 하다가 감옥에 갇혔을 때 관세음보살의 가피를 체험하는 인연이 있었다. 56세 때 주위의 권유로 참선에 입문하여 무자無字 화두를 들고 용맹정진하던 중 마조馬祖 스님의 "마음이 곧 부처다卽心卽佛, 마음도 아니고 부처도 아니다非心非佛"라는 말마디에 대오했다. 아래는 그때 읊은 오도송이다.

忽聞鐘聲何處來　홀연히도 들리나니 종소리는 어디서 오나
寥寥長天是吾家　까마득한 하늘이라 내 집 안이 분명허이
一口吞盡三千界　한입으로 삼천계를 고스란히 삼켰더니
水水山山各自明　물은물은 뫼는뫼는 스스로 밝더구나.

내게 불교를 가르치기 위하여 노파심절老婆心切을 다하셨지만 천성이 둔하고 게으른데다가 절실함마저 없다 보니 아직까지 아무런 성취가 없어 후회만 절절하다. 떠나실 때 눈물까지 보이셨다고 하는데……

생각만 해도 눈가에 이슬이 서린다. 도솔천으로 가신다고 했으니 지금은 그곳에서 천녀가 따라 주는, 그 좋아하시던 막걸리를 마시고 계시는 건 아닌지.

太古 普愚 _{태고 보우}

臨終偈임종게

人生命若水泡空
八十餘年春夢中
臨終如今放皮俗
一輪紅日下西峰

사람 목숨 물거품처럼 빈 것이어서
팔십여 년 세월이 한바탕 꿈이었네.
지금 이 가죽 부대 내던지노니
한 바퀴 붉은 해가 서산을 넘네.

태고 보우 스님은 13세에 출가하여 고행 정진하던 중 송도 전단원梅檀園에서 크게 깨우쳤다. 그 뒤 중국에 가서 석옥 청공 선사의 법을 잇고 우리나라 임제종의 초조初祖가 되었다. 공민왕의 왕사, 국사로 있으면서 선풍을 크게 진작했으며, 그 가르침은 현 대한불교 조계종으로 이어지고 있다.

그는 고려 말 불교계를 대표하는 수행력이 뛰어난 승려임에는 틀림없지만 당시 불교 교단의 타락상과 그런 불교계를 대표하던 인물이라는 점 때문에 수행의 정도는 제쳐 둔 채 주로 정치적 입장과 행적을 문제삼아 부정적인 평가를 하는 이도 있다.

이를 위하여 스님의 말씀을 소개한다. 삼각산 중흥선사에 다시 주지로 취임했을 때의 법문이다. 눈 밝은 이들은 넉넉히 알아차릴 수 있을 것이다.

"지난날에 이 문을 나가지도 않았고, 오늘 이 문에 들어서지도 않았으며, 그사이에 머문 곳도 없다. 대중들이여, 어디서 이 태고 늙은이가 노니는 곳을 보겠는가昔日不出此門 今日不入此門 中間亦無住處 大衆 向什麼處 見太古老僧遊戱處. 북쪽 산마루의 아름다운 꽃은 붉은 비단에 수를 놓은 것 같고, 앞개울의 흐르는 물은 쪽빛같이 푸르다北嶺閑花紅似錦 前溪流水綠如藍. 알겠는가!"

스님은 자신의 육신을 벗어던지면서 임종게를 읊고 있다. 임종게는 그 것을 남겨야만 수행을 제대로 했다고 인정받을 정도로 흔하지만, 그럼에도 이 시는 상당히 담백하다.

80여 년 동안 진토塵土에 머물렀어도 먼지 한 조각 남기지 않고 모두 싸가지고 떠나는 것을 보여 주는 것 같아 그의 수행력의 깊이를 짐작하기 어렵지 않다.

"맑게 들리는 솔바람 소리 과객을 머물게 하고, 바람에 흔들리는 꽃그림자 길손을 보내는구나淸聽松聲留過客 風隨華影送行人."

靜觀 一禪 정관 일선
上報恩太守 상보은태수

鶴飛天末舞雲端
萬里乾坤一眼看
聲送九宵秋月下
孰能捉得繫籠間

학이 하늘 끝에 날아 구름자락에 춤추며
만리건곤을 한눈에 굽어보는도다.
구천의 가을 달밤에 한소리 떨치나니
뉘라서 감히 이를 새장 속에 가둘 수 있으리오.

정관 일선 스님은 15세에 출가하여 평생 가난을 벗으며 수행에 매진하여 청허 휴정의 법을 받았다. 사명 유정, 편양 언기, 소요 태능과 함께 청허의 4대 제자가 되었으며, 임성 충언 등 많은 제자를 길러 정관문파를 이루었다.

스님은 임진왜란 당시 승려들이 의승군으로 참여하는 것에 대하여 승려의 본분이 아니라고 하면서 선풍이 그칠 것을 크게 우려했다. 이는 당시 승병 활동의 부작용과도 깊은 연관이 있다. 계율을 지키며 수행하여 부처의 혜명을 이어야 할 승려들이 전쟁터로 나가 수행하는 이가 드물고, 그나마 돌아온 승려들도 세속의 물이 들어 수행이나 계행을 등한시하는 것을 크게 우려한 것이었다.

스님은 사명에게 편지를 보내 승려의 거취는 세속과 달라야 한다면서 왜적이 물러갔고 큰 공을 세웠으므로 즉시 납의를 다시 걸치고 반야의 산에 오르길 당부했다. 그러나 사명이 선조의 명으로 강화를 맺기 위하여 일본으로 떠나게 되었다는 소식을 듣고는 공을 세워 무사히 귀국길 바라는 편지를 보내는 한편 관세음보살전에 사명이 불가사의한 가피를 입어 적의 소굴에서 무사히 벗어나길 기원하는 간절한 기도를 올렸다. 그의 진심이 무엇인지, 그리고 그가 얼마나 사명을 아꼈는지 절절히 느낄 수 있다.

이 시는 보은태수에게 그의 취임을 축하하며 탁월한 능력으로 사회 안정에 크게 기여하길 축원하는 내용이다. 기개가 장대하고 뜻이 호쾌하여 일개 태수가 받을 것이 아닌 것 같지만 그런 기개로 고을을 다스려 주길 바라는 취지의 시이다.

단숨에 하늘 끝까지 날아올라 천지를 한눈에 내려다보면서 큰소리 한 번으로 천하의 소음을 잠재우니 감히 누가 이를 막을 수 있을까.

"묵은해는 오늘 밤에 가고 새해는 내일 올 것이다舊歲今宵盡 新年明日來**."**

靜　坐　處　茶　半　香　初
　　　　妙　用　時　水　流　花　開

선정에 들어갈 적에는 차반이고 향초였는데
깨달으니 꽃 피고 물 흐르네.

則天武后 측천무후
開經偈개경게

無上甚深微妙法
百千萬却難遭遇
我今見聞得受持
願解如來眞實義

무상의 깊고도 깊은 미묘한 법이어서
백천만 겁이 지나도 만나기 어려워라.
내 이제 보고 들은 것을 수지하려 하오니
여래께서 진실한 뜻을 풀어 주소서.

측천무후는 당나라 고종의 황후로, 중국에서 여성으로 유일하게 황제가 되었던 인물이다. 그녀는 당 태종의 후궁으로 입궁하였다가 그 아들인 고종의 황후를 모살하고 자신이 황후가 되었다. 고종이 죽자 국호를 주周로 바꾸고 스스로 황제가 되어 15년 동안 중국을 통치했다. 죽을 때쯤에는 다시 나라를 이씨에게 돌려준 후 고종의 황후로 되돌아가 장례를 치르게 하면서, 사후 자신에 대한 폄훼를 우려하여 무자비無字碑를 세우게 하는 등 용의주도함마저 보였다.

측천무후는 뛰어난 외모와 강한 권력욕, 그리고 타고난 야심과 지모로 권력의 생리와 인간의 심리를 체득한 후 갖은 수단을 동원하여 황제의 자리에 올라 국정을 장악하고 반대파를 철저히 통제하는 공포정치를 폈지만, 재능이 출중한 인재들은 신분을 따지지 않고 등용하여 상대적으로 민생은 안정되어 지금에 와서는 역사적 재평가를 받는 인물이다. 애초부터 그녀에 대한 역사적 평가는 박했다. 역사를 쓰는 사람은 공맹을 받드는 사람들이었고, 이들의 눈으로 보면 좋게 써줄 만한 게 없었을 것이다. 그것도 여자의 몸으로, 힘을 가지고 황제 자리까지 빼앗았으니 말이다.

그녀의 불교 신앙은 무주혁명武周革命의 정통성을 부여하기 위해 불교를 이용한 것에서 시작되었지만, 급기야 자신이 미륵불의 환생이라면서 『대운경大雲經』이라고 이름 붙인 경까지 만들었으니, 어떻게 평가해야 할지 난감하다. 그러나 혜안慧安과 신수神秀 두 걸출한 선승을 목욕탕에 밀어 넣은 것은 참으로 뛰어난 발상이다. 인간이 성취한 경지를 쉽게 엿볼 수 있는 것은 공자의 말이 아니더라도 성욕이나 식욕만한 게 있겠는가. 측천무후 역시 두 사람을 아리따운 궁녀와 함께 목욕탕에 밀어 넣은 후 대도가 있음을 깨닫고는 불교, 특히 선불교의 중흥에 기여했다.

「개경게」는 경을 설하기 전에 경을 찬미하는 내용을 담은 게송偈頌이다. 부처의 법은 워낙 깊고 미묘하여 헤아릴 수 없는 세월을 거쳐도 만나기가 어렵다. 그런 인연을 지금 내가 만나고, 듣고, 지닐 수 있게 되었으니 부처의 진실한 뜻을 알 수 있게 해달라고 간절하게 발원하고 있다.

論語 논어

有一言而 可以終生行之者乎
子曰 其恕乎
己所不欲 勿施於人

한마디 말로 가히 평생 행하여야 할 말이 있습니까?
공자께서 말씀하시길 그것은 바로 서恕이니
자기가 하고 싶지 아니한 일은 남에게도 하게 하지 마라.

己欲立 而立人
己欲達 而達人

자기가 서고 싶은 자리에 남을 세워 주고
자기가 이루고자 하는 것을 남이 이루게 해준다.

자공이 스승인 공자에게 평생 실천해야 할 말 한마디를 묻는다. 그러자 공자가 답한다. 사회를 이루고, 더불어 살아가는 인간들 사이에서 가장 중요한 덕목 중 하나가 타인에 대한 이해 내지 배려이다. 인간은 전지전능하지 못하기 때문에 서로 같을 수가 없고, 같지 않기에 서로에 대한 배려가 필요하며, 서로 배려하기 때문에 공생共生이 가능하다.

'서恕'란 『대학』에서 말하는 '혈구지도絜矩之道'의 논어적 해석으로서 『논어』나 『대학』에서의 가장 핵심 개념 중 하나인데, '내 마음을 재는 잣대로 남의 마음을 잰다', '내가 하기 싫은 일은 남에게도 하게 하지 않는다' 등으로 해석할 수 있다.

참고로 공자는 남면南面하여 임금이라도 할 수 있다고 극찬한 염옹에게도 비슷한 이야기를 했다. 염옹이 인仁에 대하여 묻자 공자가 한 대답 역시 '기소불욕 물시어인己所不欲 勿施於人'이었다. 즉 자기가 하기 싫은 일은 남에게도 하게 해서는 안 된다는 뜻이다. 이를 적극적으로 이야기한 것이 '기욕입이입인己欲立而立人 기욕달이달인己欲達而達人'이다. 남을 먼저 서게 해주고, 남을 먼저 이루게 해준다면 인간사 무슨 시비가 일어나겠는가.

『논어』는 약 2500년 전 공자와 그 제자들과의 대화 등을 기록한 책으로 중국은 물론 우리나라와 일본 등지에서 지금에 이르기까지 사람들의 처세나 입신에는 물론 국가의 정책 결정 등에도 큰 영향을 끼치고 있는, 『논어』의 한 구절쯤 말할 수 있어야 지식인 대접을 받는 인류의 교과서라고 할 수 있는 책이다.

荀子 순자

人之性惡 其善者僞也 今人之性 生而有好利焉 順是 故爭奪生
而 辭讓亡焉 生而有疾惡焉 順是 故殘賊生而忠信亡焉 生而有
耳目之欲 有好聲色焉 順是 故淫亂生而禮義文理亡焉 然則從
人之性 順人之情 必出於爭奪 合於犯分亂理 而歸於暴 故必將
有師法之化 禮義之道 然後出於辭讓 合於文理而歸於治 用此
觀之 然則人之性惡明矣 其善者僞也

사람의 본성은 악한 것이니 그것이 선하다고 하는 것은 거짓이다.
지금 사람들의 본성은 나면서부터 이익을 좋아하는데 이것을 따르
기 때문에 쟁탈이 생기고 사양함이 없어진다. 사람은 나면서부터
질투하고 미워하는데, 이것을 따르기 때문에 남을 해치고 상하게
하는 일이 생기며 충성과 믿음이 없어진다. 사람은 나면서부터 귀
와 눈의 욕망이 있어 아름다운 소리와 빛깔을 좋아하는데 이것을
따르기 때문에 음란함이 생기고 예의와 아름다운 형식이 없어진다.
그러니 사람의 본성을 따르고 감정을 좇는다면 반드시 다투고 뺏게
되며 분수를 어기고 이치를 어지럽히게 되어 난폭함으로 귀결될 것
이다. 그러므로 반드시 스승과 법도에 따른 교화와 예의의 교도가
있어야 하며 그런 뒤에야 서로 사양하게 되고 아름다운 형식을 갖
게 되어 다스림으로 귀결될 것이다. 이로써 본다면 사람의 본성은
악한 것이 분명하며 그것이 선하다는 것은 거짓이다.

순자의 이름은 황況이고 공자의 유학을 발전시킨 사상가로 맹자와 쌍벽을 이루는 인물이다. 조趙나라에서 태어났으며 어려서부터 수재로 이름을 날렸다. 제齊나라로 가서 제주祭酒 벼슬을 하고 대부大夫가 되었으며 이후 초楚나라 등을 전전하다가 죽었다. 저서에 『순자荀子』가 있다.

순자를 이야기할 때 빼놓을 수 없는 인물이 맹자이다. 맹자는 성선설을, 순자는 성악설을 주장했다. 그러나 순자는 춘추전국시대의 서로 해치고 죽이는 어지러운 정치와 그 밑에서 허덕이는 백성들의 비참한 생활을 통감한 나머지 이를 바로잡기 위해 성악설을 비롯한 예의와 형벌을 주장한 것이 아닌가 한다. 이는 다음과 같은 순자의 말로 미루어 보더라도 그렇다.

"선함을 보면 마음을 가다듬고 반드시 스스로를 살펴보고, 선하지 않은 것을 보면 정색을 하고 반드시 스스로를 반성해야 한다. 선함이 자신에게 있으면 꿋꿋이 반드시 스스로 좋아하며, 선하지 않은 것이 자신에게 있으면 걱정스러운 듯이 반드시 스스로 싫어해야 한다. 그러므로 나를 비난하더라도 올바른 사람은 나의 스승이고, 나를 옳게 여기면서도 올바른 사람은 나의 친구이고, 나에게 아첨하는 자는 나를 해치는 자이다見善, 修然必以自存也. 見不善, 愀然必以自省也. 善在身, 介然必以自好也, 不善在身, 菑然以自惡也. 故非我而當者, 吾師也, 是我而當者, 吾友也, 諂諛我者, 吾賊也."

혼란 속에 인仁과 의義가 어떻게 발붙일 수 있었겠는가?

순자는 공자의 이상을 실현하기 위하여 현실에 적응하려 그런 주장을 한 것이라고 봄이 마땅할 것이다.

周易 *주역

元者 善之長也 亨者 嘉之會也 利者 義之和也 貞者 事之幹也
君子體仁 足以長人 嘉會足以合禮 利物足以和義 貞固足以幹
事 君子行此四德者 故曰 乾 元亨利貞

원元은 선善의 으뜸이요, 형亨은 아름다움의 모임이요, 이利는 의義에 화합함이요, 정貞은 일의 근간이다. 군자는 인仁을 몸소 행하여 남의 우두머리가 될 만하며, 모임을 아름답게 함이 족히 예禮에 합하며, 물건을 이롭게 함이 족히 의에 조화되며, 정하여 견고함이 족히 일의 근간이 될 수 있으니, 군자는 이 사덕四德을 행하는 자이다. 그러므로 건乾은 원하고, 형하고, 이하고, 정하다 한 것이다.

『주역』은『역易』또는『역경易經』이라고 불리며 한국과 중국, 일본 등에서 과거 2000여 년간 기독교 국가에서의『성서』에 비교될 정도로 권위를 인정받아 온 경전으로, 이 글은『주역』「문언전文言傳」에 나오는 말이다.

『주역』은 신비스러운 예견의 작용으로 상황이 변화하는 극히 미세한 조짐을 사전에 보여 줄 뿐만 아니라 어떻게 하면 화를 피할 수 있는지를 도덕적 견지에서 이탈함이 없이 제시한다는 점에서 공자와 같은 성인도『주역』을 어찌나 많이 읽고 또 읽었는지 역문易文을 새긴 대쪽을 엮은 가죽끈이 세 번이나 끊어졌다고 한다.

더 나아가 공자가 "나에게 만일 나이를 몇 해만 연장해 주어 끝내『주역』을 배우게 한다면 큰 허물은 없을 수 있을 것이다加我數年 五十以學易 可以無大過矣"(『논어』)라고 말한 것으로 보아『주역』에 통通하는 것이 참으로 어렵다는 것을 알 수 있다(『논어』의 위 구절에 대하여 공자가 50세가 되기 전에 '50세가 되어『주역』을 배운다면 큰 허물이 없을 것이다'라고 말했다는 취지로 해석하는 사람들도 있다).

『주역』은 원형이정元亨利貞에서 시작하여 원형이정을 체득함으로써 끝난다고 하며 위 글은 원형이정을 기본적으로 풀이하고 있다.

『주역』을 읽으면서 늘 새기는 말 중 하나를 소개한다.

"하늘이 도와주는 경우는 순리에 맞을 때이며, 사람이 도와주는 경우는 신의를 지킬 때이니, 신의를 지키고 순리를 꾀하며, 또 어진 이를 본받는다면 하늘이 스스로 도와 길하고 이롭지 아니함이 없다天之所助者 順也 人之所助者 信也 履信思乎順 又以尙賢也 自天祐之 吉无不利."

元曉 원효
__ 金剛三昧經論 금강삼매경론

夫一心之源 離有無而獨淨 三空之海 融眞俗而湛然 湛然融二
而不一 獨淨離邊而非中 非中而離邊 故不有之法 不卽住無 不
無之相 不卽住有 不一而融二 故非眞之事 未始爲俗 非俗之理
未始爲眞也 融二而不一 故眞俗之性 無所不立 染淨之相 莫不
備焉 離邊而非中 故有無之法 無所不作 是非之義 莫不周焉
爾乃無破而無不破 無立而無不立 可謂無理之至理 不然之大
然矣 是謂斯經之大意也

대저 일심의 근원은 '유'와 '무'를 여의어 홀로 청정하며 삼공의 바다
는 진과 속을 융합하여 깊고 고요하다. 깊고 고요하여 둘眞·俗을 융
합하였으나 하나가 아니며, 홀로 청정하여 양 극단 '이변二邊'을 여
의었으나 중간도 아니다. 중간이 아니면서 양 극단을 여의었으므로
'유'가 아닌 법이 곧 '무'에 머물지 아니하며, '무'가 아닌 상이 곧 '유'
에 머물지 아니한다. 하나가 아니지만 둘을 융합하였으므로, 진이 아
닌 사가 비로소 속이 된 것이 아니고 속이 아닌 이가 비로소 진이 된
것이 아니다. 둘을 융합하였으면서 하나가 아니므로, 진과 속의 자성
이 세워지지 않은 바가 없고 염과 정의 상이 갖추어지지 않음이 없다.
양 극단을 여의었으나 중간이 아니기 때문에 '유'와 '무'의 법이 만들
지 못하는 바가 없고, 옳음과 그름의 뜻이 두루하지 않음이 없다. 이
에 깨뜨림이 없지만 깨뜨리지 아니함이 없으며, 세움이 없지만 세우
지 아니함이 없으니, 가히 이치가 없는 지극한 이치요, 그러하지 아니
하면서 그러한 것이라고 할 수 있다. 이것이 이 경의 대의大意이다.

신라의 고승 원효 대사가 지은『금강삼매경론』의 일부이다.

『송고승전宋高僧傳』(찬영 저)에 의하면 왕비가 병이 나서 바닷속 용궁에 들어가『금강삼매경』을 구해 왔는데 용궁에서 이 경은 대안성자가 뒤섞인 순서를 바로 맞추고 원효 스님이 풀어 강의하면 왕비의 병이 나을 것이라고 하여 원효가 이를 받아 풀이한 것이 바로 이『금강삼매경론』이라고 하며, 우리나라 사람이 지은 것으로 '논論'으로 인정받은 유일한 저작이다.

원효는 이 논을 저술한 후 다음과 같은 서원을 세웠다.

甚深且微金剛教	매우 깊고 미묘한 '금강삼매' 가르침
今承仰信略記述	이제 받들어 믿고 대강 기술하였으니
願此善根遍法界	바라건대 이 선근 온 세계에 두루하여
普利一切無遺缺	빠짐없이 모두를 이롭게 하여지이다.

원효는 당시부터 만인을 대적할 만한 사람萬人之敵으로 회자되었다. 7세기에 신라에서 활동했지만 동아시아 불교사에 끼친 영향은 지대하며, 그의 많은 저서는 중국과 일본 등지에서 두루 읽혔다. 그러나 신라에서는 비판의 소리 또한 높았다. 특히 일정한 규범 없이 발언하고 어지러이 이야기하는 이른바 무애無碍한 언행 때문이었다. 그의 무애행을 이해 못했던 당시의 풍토 탓이든, 천재가 치러야 할 대가였든 그는 생존 시부터 칭찬과 비난을 함께 들었다.

그러나『송고승전』에 의하면 "그는 삼학三學에 널리 통하여 그 나라에서는 만인지적萬人之敵으로, 수처에 몸을 낮추어 신이神異한 행적과 교화를 했다"고 썼다.『삼국유사』나 의천의 기술에도 이와 비슷한 말이 보인다. 중국의 혜원慧苑 스님은 "몸은 동이에 있어도 그 덕은 당나라 땅을 덮었는데 가히 불세출의 위인이라 할 만하다身在東夷 德彼唐土 可謂 不世出之偉人"라고 했고, 일본의 낭유郞遊는 "구룡(원효)의 천둥 같은 기세에 뭇 짐승들이 눈길을 피한다丘龍雷電 禽獸迴眼"라고 했다.

『삼국유사』는 원효로 인하여 글을 접하기 어려웠던 가난한 이들과 무지몽매한 이들도 모두 부처님의 이름을 알고 염불을 할 수 있게 되었다고 기술하고 있는데, 이는 신라 불교가 귀족 불교, 가진 이 불교에서 일체백성, 모든 중생의 불교가 되었다는 말이니, 이것보다 더 큰 공이 어디 있겠는가.

원효의 일생은 한마디로 요약하면 화쟁和諍의 방법에 의하여 자리自利를 구하고 대중 교화를 통하여 이타利他를 행함으로써 석가 이후 '상구보리 하화중생上求菩提 下化衆生'으로 대표되는 불타의 참 정신을 구현한 것으로 일관되었다고 평가받고 있다.

大方廣佛華嚴經 대방광불화엄경

因於衆生 而起大悲
因於大悲 生菩提心
因菩提心 成等正覺
一切衆生 而爲樹根
諸佛菩薩 而爲華果
以大悲水 饒益衆生
則能成就 諸佛菩薩 智慧華果
是故菩提 屬於衆生
若無衆生 一切菩薩
終不能成 無上正覺

중생으로 인하여 대자비가 일어나고
대자비로 인하여 보리심이 생기고
보리심으로 인하여 등정각을 이루네.
일체중생은 나무의 뿌리이고
제불보살은 꽃과 열매라네.
대자비수로써 중생을 이익되게 하면
제불보살의 지혜의 꽃과 열매를 성취할 수 있네.
이런고로 보리는 중생에 속하는 것이니
만약에 중생이 없다면 일체보살은
끝끝내 무상정각을 이룰 수 없느니라.

『대방광불화엄경』, 약칭『화엄경』은 크고 방정하고 넓은 이치를 깨달은 부처님의 꽃같이 장엄한 경이라는 뜻으로 부처님이 깨달음을 얻은 직후 도리천, 도솔천 등 천상과 급고독원 등 지상에서 깨달음의 내용을 설하신 경전이다. 적정·미묘하면서 분별의 세계를 초월하고 자아를 넘어선 세계를 인간의 인식 체계와는 상관없이 깨달은 그대로 말하고 있어 이해하기가 쉽지 않은 경이다. 특히 선재동자가 다양한 신분을 가진 53선지식을 찾아가 가르침을 구하는 상황을 문학적으로 서술한「입법계품」은 이 경의 백미로서 깨달음은 계급과 종교를 초월한다는 것을 보여 주고 있다는 점에서 인간 사회에 시사하는 바가 크다.

『대방광불화엄경』은 처음부터 하나의 완성된 경으로 이루어진 것은 아니고 4세기경에 비로소 하나의 경으로 정리된 것으로 보고 있으며, 산스크리트어 원본은「십지품」「입법계품」 등이 전할 뿐이다. 한역본은 동진의 불타발타라가 번역한 60화엄(420년, 구역 화엄경, 진경), 당의 실차난타가 번역한 80화엄(699년, 신역 화엄경, 당경), 그리고 당의 반야가 번역한 40화엄(798년, 정원경) 등이 있으며, 우리나라에는 신라의 자장이 당나라에서 귀국할 때 이 경을 가지고 와 유포시켰고, 곧이어 원효와 의상의 연구와 화엄종의 창종 등으로 널리 퍼졌다.

이 글은 40화엄, 곧『정원경』에 있는 보현십대원 중 하나이다.『정원경』은 60화엄이나 80화엄의 마지막 품인「입법계품」의 또 다른 번역에 보현십대원 등이 추가되어 있는 경이다. 십대원을 실천하면 아미타 부처님을 만나기 위하여 서방 극락정토에 왕생한다는 정토사상이 전해지고 있어 우리나라 민중 사회 등에서 널리 믿어져 왔다.

깨달음을 추구하는 사람, 즉 보살이 부처의 깨달음을 얻기 위하여 노력하는 것은 바로 부처의 세계를 실현하고자 하는 노력이며, 이는 달리 표현하면 스스로 깨닫고자 함(자리행自利行)과 남을 깨닫게 하고자 함(이타행利他行)의 실천이다. 그러므로 남他, 즉 중생이 없다면 부처 세계의 실현은 있을 수 없으며, 역으로 중생이 있는 한 보살의 구도는 끝이 없다. 따라서 중생이 있기에 그를 부처의 세계로 이끌려는 자비심이 생기고 대자비심으로 인하여 부처의 세계를 실현할 수 있는 것이다. 비유하자면 일체중생은 나무의 뿌리이고, 제불보살은 꽃과 열매라고 할 수 있다. 따라서 누구든지 부처의 깨달음을 얻기 위하여 노력하면 부처가 될 수 있지만, 중생이 없다면 이러한 구도가 있을 수가 없으며, 깨달음 자체도 이룰 수가 없다. 말하자면 중생이 있어야 구도심이 생기고, 구도심의 실천으로 깨달음을 얻게 되는 것이다.

『화엄경』에 담긴 사상은 『법화경』을 중심으로 한 천태사상과 함께 대승불교 교학의 쌍벽을 이루는 것으로, 인간의 실존과 절대자유에 대한 지남指南이지만 현실적으로는 체득이 쉽지 않으니 중생의 길이 멀다.

3

묻고 싶어라
그리운 그대 있는 곳

賈島 가도

尋隱者不遇 심은자불우

松下問童子
言師採藥去
只在此山中
雲深不知處

소나무 아래 동자에게 물었더니
스승은 약초 캐러 갔다고 하네.
지금 이 산속에 있으나
구름이 깊어 있는 곳을 모른다네.

가도는 중국 당나라 때의 시인으로 자는 낭선浪仙이다. 그는 과거에 계속하여 낙방하자 출가하여 승려가 되었다가 한유에게 시재詩才를 인정받아 환속했다. 그러나 과거 합격의 운은 오지 않았고 벼슬은 장강주부 등을 지내는 데 그쳤다.

그는 시를 묘사하고 시구를 다듬는 데 지나치게 심혈을 기울여 시를 '짓는다'라기보다는 '만든다'라는 느낌까지 주게 한 사내이다. 그러다 보니 몇 편을 제외하고는 사람의 마음을 감동시키는 시는 제대로 쓰지 못했다는 평이 있는 반면 소동파로부터는 당대의 시인 맹교孟郊와 비교되는 평가를 받았다. 물론 글이 메마르다瘦는 평가에서는 벗어나지 못했다. 시보다 '퇴고推敲'로 더 알려진 것도 부담이다.

글을 지을 때 여러 번 고민하여 고치고 다듬는 것을 '퇴고'라고 한다. 이 말이 이 사내에게서 나왔다. 그가 「제이응유거題李凝幽居」라는 시를 지을 때, '중이 달빛 아래 문을 두드린다僧敲月下門'라는 시구 중 '두드린다敲'로 할지 '민다推'로 할지 고민하다가 한유의 도움을 받아 '두드린다敲'로 했다는 데서 유래했다.

「심은자불우」 역시 공을 들인 흔적이 역력하다. 평이한 시어의 전개, 간결한 형식, 그러면서도 무언가 깊은 의미를 내포하는 있다는 암시를 하고 있다. 간략하지만 의미가 깊으면서 여운이 있어 지금까지도 많은 사람들의 사랑을 받고 있다. 구도求道의 냄새를 강하게 풍기는 시이다. 그것도 불교보다는 도교 쪽에 더 가깝다. 구름이 걷히면 찾을 수 있을까. 그렇다면 진정한 도와는 거리가 멀다. 제대로 눈을 뜨면 찾을 수가 있을 것이다.

徐居正 서거정

春日 춘일

金入垂楊玉謝梅
小池新水碧於苔
春愁春興誰深淺
燕子不來花未開

금빛은 실버들에 들고 옥빛은 매화를 떠나는데
작은 못에 새로 든 물은 이끼보다 푸르다.
봄 시름과 봄 흥취 어느 것이 깊고 옅은가
제비가 오지 않아 꽃이 피지 않았네.

서거정은 조선 전기의 대표적인 지식인으로 세종에서 성종까지 여섯 임금을 모셨으며 신흥 왕조의 기틀을 잡고 문풍文風을 일으키는 데 크게 기여했다. 그는 45년 동안 출사하여 23년간 문형文衡을 관장하고, 23차에 걸쳐 과거시험을 주관했다. 단종 폐위 등 정치의 소용돌이 속에서도 공직자로서의 자세를 잃지 않고 이에 휘말리지 않았다.

성리학을 비롯하여 천문·지리·의약 등에 정통하였고, 문장과 글씨에도 능하여 『경국대전』『동국통감』 등의 편찬에 참여했다. 저서로 『동인시화』『동문선』 등이 있다.

이 시는 초봄의 풍경을 읊은 것으로, 버드나무에 햇빛이 머물러 금빛으로 빛나고 매화는 시들어 흰빛이 사라지는데 못에 눈이 녹아들어 이끼보다 더 푸르다. 나른하고 무료한 봄의 시름과 무언가 설레고 흥분되는 봄의 흥취는 어느 것이 더 깊은가? 제비가 오면 꽃이 필 것이요, 꽃이 피면 시름도, 흥취도 저절로 해결될 것이니 우문愚問은 해서 무엇하리오.

鄭知常 정지상
送人송인

雨歇長堤草色多
送君南浦動悲歌
大同江水何時盡
別淚年年添綠波

비 갠 긴 둑엔 풀빛이 짙은데
남포에서 임 보내며 슬픈 노래 부르네.
대동강 물은 그 언제 마를 것인가
해마다 이별 눈물 푸른 물결에 더해지네.

정지상은 고려 인종 때의 문신으로 초명은 지원之元, 호는 남호南湖이다. 역학과 불교는 물론 풍수도참설에도 밝았고, 시에서뿐만 아니라 문文에서도 명성을 떨쳐 김부식과 쌍벽을 이루었다. 묘청이 서경 천도가 뜻대로 되지 않자 일으킨 난에 가담했다가 반란 진압에 나선 김부식에게 체포되어 즉시 죽임을 당했다. 이로 인해 김부식이 그의 재주를 시샘하여 죽였다는 이야기가 널리 회자되었다.

이 시는 정지상이 평양에 살 때 지은 것으로 당시는 물론 지금에 이르기까지 천년절창이란 평가를 받고 있다. 임이 떠나지 못하도록 계속 와야 하는 비도 이젠 그치고 강둑엔 비에 씻긴 풀들이 푸르름을 더한다. 이별의 노래는 물결에 부딪혀 더 슬프게 들리는데 강물마저 눈물이 더해져 깊어만 가는구나. 대동강 물이 이별하는 연인들의 눈물 때문에 마르지 않는다는 표현은 참으로 기발한 착상으로 후인들로 하여금 이별의 정을 이보다 더 나은 표현을 하기 어렵게 만들었다는 평가도 있다.

임제도 정지상처럼 대동강 가에서의 이별을 노래하고 있다(「패강곡십수중기팔浿江曲十首中其八」).

離人日日折楊柳　　이별하는 사람들 날마다 버들가지 꺾어
折盡千枝人莫留　　천 가지를 다 꺾어도 가시는 임을 붙잡지 못했네.
紅袖翠娥多少淚　　붉은 소매 아가씨들 눈물이 많은 탓인지
煙波落日古今愁　　물안개 속에 지는 해도 늘 근심이네.

이별에는 모두 눈물淚이 따르지만 정지상의 경우에는 눈물이 강물에 보태지고, 임제의 경우에는 눈물이 근심을 만든다. 이별의 눈물이 해까지 슬프게 만든다는 점에서 임제의 발상 역시 대단하다고 아니할 수 없다.

金炳淵 김병연

離別이별

燕趙非歌士
相逢蠹石樓
寒烟凝短堞
落葉下長洲
素志違其卷
同心已白頭
明朝南海去
江月五更秋

나라를 걱정하는 우국지사와
촉석루에서 다시 만났네.
차가운 연기는 담 위에 엉기고
낙엽은 긴 모래톱에 떨어지네.
우리 본래의 뜻은 서로 달라도
마음은 하나건만 이미 백발이 되었네.
그대 내일 아침 남해로 떠나가면
강산에는 어느덧 가을 깊어 가겠지.

김병연은 김립金笠 또는 김삿갓으로 불렸다. 조선 순조 때 권문세가인 장동김씨 집안에서 태어났으나 선천부사였던 할아버지 김익순金益淳이 홍경래의 난 때 투항한 죄로 집안이 멸족을 당했다. 그 뒤 죄는 김익순에게만 한하고 자손들은 사면되었지만 어머니의 인도로 강원도 영월로 가 숨어 살았다. 이 사실을 모르는 김병연이 과거에 응시, 그의 할아버지를 통절하게 꾸짖는 시로 장원급제하였지만, 어머니로부터 과거사를 듣고는 죄인으로 자처하여 20대 초부터 처자식을 내버려 둔 채 방랑길에 올랐다. 하늘을 볼 수 없는 죄인이라며 커다란 삿갓을 쓰고 지팡이를 벗삼아 전국을 떠돌다가 57세를 일기로 전라도 화순 동복 땅에서 한 많은 생애를 마쳤다.

김삿갓은 일상적이고 파격적인 언어와 날카로운 풍자와 조소, 그리고 재치와 해학으로 세상을 기롱해 가며 조선 팔도를 주유하면서 가슴 저린 사랑과 애끓는 이별을 수없이 만들었다. 특히 봄이 오는 강계의 독로강 가에서 주고받은 김삿갓과 강계 기생 추월秋月과의 이별의 노래는 황진이와 소세양(「봉별소판서세양」), 설도와 원진(「춘망사」), 양귀비와 당 현종(「장한가」)의 그것을 넘어서는 아픔 그 자체이다.

有情無語似無情(정이 있어도 목이 메어 말을 못하니 설마 정이 떨어졌다 생각하는 것은 아니겠지요, 추월)
別恨與君誰短長(우리 사이의 이별의 아픔이 누가 더 큰지 한번 재어 볼까나, 김삿갓)

「이별」은 전국을 유랑하던 중 진주 촉석루에서 우연히 애국지사를 만난 이야기이다. 서로가 품은 뜻은 다르지만 정처 없이 떠도는 심정은 같다. 날이 밝으면 서로 헤어져야 할 운명이지만 가을은 거의 끝에 이를 정도로 깊어 가고 있다. 우리 두 사람의 삶도 마찬가지일 것이다. 그렇지만 우리에게 주어진 소명이 있으니 그 길을 향하여 나아갈 수밖에 없다. 어떻게 될 것인지 모르지만 서로의 앞날에 행운을 빌면서……

王勃 왕발

膝王閣序 등왕각서

滕王高閣臨江渚
佩玉鳴鸞罷歌舞
畵棟朝飛南浦雲
朱簾暮捲西山雨
閒雲潭影日悠悠
物換星移度幾秋
閣中帝子今何在
檻外長江空自流

강변에 우뚝 솟은 등왕의 누각엔
옥 소리, 방울 소리, 노래와 춤도 모두 멎었네.
채색한 기둥엔 아침마다 남포의 구름
주렴 걷는 황혼 무렵엔 서산의 가랑비
못엔 한가한 구름 그림자, 해는 쉬엄쉬엄
만물이 바뀌고 세월의 흐름이 얼마나 지났는가.
누각에서 놀던 왕자는 지금 어디 있는가
난간 밖엔 장강물이 하염없이 흐르네.

248

왕발이 「등왕각서」 말미에 붙인 칠언율시이다.

왕발은 중국 당나라 때의 시인으로 6세 때 문장을 지었고, 9세 때 안사고顏師古가 주를 단 『한서漢書』의 오류를 바로잡았다고 한다. 재능을 인정받아 궁정에 들어가 조산랑의 벼슬을 받았으나 당 고종 이치의 아들이 투계를 좋아함을 풍자하여 「격영왕계문檄英王鷄文」이란 글을 지었는데, 그 글로 고종의 미움을 받아 쫓겨났다. 이후 각지를 방랑하다가 교지에 좌천된 부친을 만나러 가던 중 남창을 지나며 「등왕각서」를 지어 낙성 잔치를 떠들썩하게 만든 후 남하하다가 어느 강에서 익사했다. 짐작건대 천서天書가 인간 세계에 누설되자 하늘이 그를 재빨리 데려간 것 같다.

「등왕각서」는 원제는 '추일등홍부등왕각전별서秋日登洪府滕王閣餞別序'로 '등왕각시서滕王閣詩序'라고도 한다. 등왕각은 강서성 남창시에 당 태종 이세민의 동생인 이원영李元嬰이 지은 전각으로 그가 등왕으로 봉작되어 등왕각으로 불리며, 호북성의 황학루, 호남성의 악양루와 함께 중국의 3대 누각으로 왕발의 「등왕각서」로 더욱 유명해졌다.

등왕각은 1300여 년의 세월이 지나면서 수십 차례 증·개축되었으며 명나라 태조 주원장이 대신들의 공로를 치하하는 연회를 베푸는 등 역사적으로는 공신들을 영접하고 환송하는 장소였다. 당 고종 때 홍주도독 염백서가 중양절에 등왕각의 중수 공사를 마치고 낙성식 연회에 왕발을 초청하였는데 이때 왕발이 이 서를 지었다.

「등왕각서」는 전반부는 번화하고 풍요한 홍주와 그 주변 산세, 인물, 그리고 등왕각 등에 대하여 그 웅장하고 뛰어남을 묘사했으며, 후반부는 타향을 떠돌면서 나그네로 지내는 자신의 처지와 품은 뜻을 펼칠 수 없는 안타까움을 토로하고 있다. 서정적인 묘사로 음률과 대구가 뛰어나고, 화려하고 우아하며, 전고를 많이 인용하고 있다. 특히 이 칠언율시는 이 서의 백미로 그의 삶의 노정에서 쌓인 기운과 영혼이 함축되어 있다는 평가를 받는다.

淺 深 誰 興 春 愁 春

봄 시름과 봄 흥취 어느 것이 깊고 옅은가

朴誾 박은

福靈寺 복령사

伽藍却是新羅舊
千佛皆從西竺來
終古神人迷大隗
至今福地似天台
春陰欲雨鳥相語
老樹無情風自哀
萬事不堪供一笑
靑山閱世只浮埃

절은 도리어 옛날 신라 때 것이고
천 개의 불상은 모두 인도에서 온 것이다.
옛날에 신인도 대외에서 길을 잃었나니
지금의 복스러운 땅은 천태산과 흡사하여라.
스산한 봄기운에 비 내릴 듯 새가 우는데
늙은 나무 정이 없어 바람이 절로 슬프다.
만사는 한 번 웃음거리도 못 되나니
푸른 산에서 인간 세상을 보니 먼지만 떠 있구나.

조선 연산군 때의 학자인 읍취헌挹翠軒 박은은 이미 4세에 글을 읽었고, 18세에 식년 문과에 급제했다. 이후 홍문관 정자正字를 거쳐 경연관을 지냈다. 성품이 곧아 바른 소리를 잘했다고 하며 약관 20세에 권세가 유자광을 탄핵했다가 도리어 파직되었다. 이때부터 술과 시로 세상을 보냈다. 곧 복직되었지만 바로 갑자사화에 연루되어 효수되었고 연산군에 의해 그 시체마저 들판에 버려졌다. 그의 나이 26세였다.

박은은 조선 왕조에서 가장 뛰어난 시인의 한 사람으로 평가받고 있으며, 정조는 "그의 시는 정신과 의경意境이 깊은 경지에 도달했고 바른말을 하는 성정을 엿볼 수 있다"고 평했다.

이 시는 박은이 개성 천마산에 있는 복령사에 들렀을 때 지은 것이다. 절은 신라 때 지었고 불상은 멀리 인도에서 왔으며 주변 경관도 길을 잃을 정도로 깊고 그윽하다. 그렇지만 사람 자취가 드문 지 오래되어 스산하고 쓸쓸하기 그지없다. 인간 만사란 것도 이와 마찬가지로 잘나갈 때는 대단하게 흥성거리지만 퇴락하면 쓸쓸하기 그지없다. 익히 인간사가 그러한 줄 알았지만 막상 복령사에 올라 인간 세상을 내려다보니 참으로 한바탕 웃음거리도 되지 못함을 알겠구나. 그럼에도 그 속에서 서로 잘났네 하면서 먼지를 풍기고 있으니…….

그의 배포와 성정을 짐작하게 해주는 시이다. 이런 배포를 그대로 내비치고 다녔으니 젊은 나이에 이승을 하직한 게 아닌지…….

王維 왕유

送元二使安西 송원이사안서

渭城朝雨浥輕塵
客舍青青柳色新
勸君更進一盃酒
西出陽關無故人

위성의 아침 비 먼지를 가벼이 적시니
주막집의 푸른 버들 그 빛이 새롭구나.
그대 또 한잔 받으시게나
서쪽 양관을 나서면 친구도 없으리니.

중국 당나라의 시인이자 화가인 왕유는 독실한 불교신자인 어머니의 영향을 받으며 성장했다. 그는 이름이 유維이고 자가 마힐摩詰인데, 이는 『유마경』의 저자인 유마힐維摩詰에서 따왔다고 한다. 9세 때부터 시를 짓기 시작했으며 현종 때 진사에 급제한 후 태악승을 시작으로 우습유, 감찰어사, 급사중 등의 요직을 거쳤다. 안사의 난이 일어나자 반란군에 잡혀 끌려갔다가 난이 평정된 후 다시 태자중서자, 유서상승 등을 지냈다.

그는 당 문화가 가장 번성했던 시기에 고위관직을 지냈을 뿐만 아니라 시인, 화가, 음악가로서 이름을 크게 떨쳤다. 시불詩佛로 불리며 시선 이백, 시성 두보와 더불어 중국의 서정시 형식을 완성한 세 사람 중 한 사람으로 꼽고, 그림에도 뛰어나 남종 문인화의 개조로 여겨지고 있다.

만년에는 종남산 망천장에 은거하면서 주로 자연을 소재로 한 뛰어난 시를 지어 자연시를 완성시켰다는 평가도 받고 있다.

이 시는 왕유가 위양의 위수 강가의 주막집에서 안서도호부로 전출하는 친구를 떠나보내는 안타까운 마음을 읊고 있다.

위성에 아침 비가 내려 먼지를 적시니 주막집 앞의 푸르름을 더해 가던 버드나무 잎의 색이 더 찬란하다. 오지인 양관으로 가면 술친구도 없을 것이니 한잔이라도 더 먹고 가게 하면서 이별의 아쉬움을 읊은 절창으로 당시부터 악부곡樂部曲이 되어 위성곡渭城曲으로 불리며 애창되었다. 대표적인 이별곡으로 워낙 널리 소개되어 설명 자체가 사족이다.

이 시는 특히 선가에서 그 종지宗旨를 드러내기 위하여 널리 인용되기도 했다. 태고의 소리는 침묵의 역설적 표현이다. 한마디 말과 한 조각 분별도 일어나지 않은 상태에서 알아차리지 못하고 갖가지 꽃이 피었다가 지는 늦봄에 이르게 되면 이미 놓치고 만다는 것을, 자신의 심정을 알아주는 벗이 없는 오지로 떠나면 언젠가 그가 마지막으로 권했던 한잔의 술이 생각날 것이라는 정취를 통해 나타냈다는 것이다. 그만큼 왕유 자신이 선에 대한 이해가 깊었고, 또한 세인에게 널리 회자되었기에 가능한 것이었다.

申叔舟 신숙주

寄中書諸君 기중서제군

豆滿春江繞塞山
客來歸夢五雲間
中書醉後應無事
明月梨花不怕寒

두만의 봄 강이 변방산을 둘렀는데
나그네의 돌아가는 꿈은 오색구름 사이에 있네.
근신들은 취한 뒤에도 응당 탈이 없을지니
배꽃 핀 밝은 달밤이니 추위야 겁내지 않겠지.

신숙주는 조선 초기의 문신으로 자는 범옹泛翁, 호는 보한재保閑齋이다. 22세에 문과에 급제한 후 집현전 직제학 등을 거쳤으며, 세조가 사은사로 중국에 갈 때 서장관으로 동행하여 세조와의 운명적인 만남이 이루어졌다.

세조가 정권을 잡은 후 도승지, 병조판서, 우의정 등을 거쳐 45세에 영의정이 되는 등 승승장구했으며, 세조 역시 그를 당 태종의 위징에 비유했다. 성종이 12세의 어린 나이로 즉위하는 혼란기에 영의정으로서 국정을 안정시키는 데도 크게 기여했다. 뛰어난 학문과 성실한 자세로 조선 전기 각종 인프라를 확립하여 내치를 공고히 하고 외교와 국방을 다지며 문화를 일으키는 등 국정 전반에 걸쳐 많은 업적을 쌓았다.

그러나 세조의 반정공신이라는 등의 이유로 오랫동안 사림파 등으로부터 비판과 지탄의 대상이 되었고, 단종이나 남이南怡 등 약자나 패한 자에 대한 동정론이 확산되면서 시대 상황 등과 맞물려 부정적인 평가가 더해졌다.

『조선왕조실록』은 "그는 항상 대체大体를 생각하고 소절小節에 구애되지 않았으며, 큰일에 처하여 중요한 결정을 할 때는 강하江河를 자르듯 했다"고 썼다.

이 시는 함경도에서 근무하던 신숙주가 한성 의정부中書에서 근무하던 동료들에게 보낸 것이다.

나는 꿈속에서나 그리워할 수 있지만, 너희들은 배꽃이 달빛인지 꽃인지 분간이 되지 않을 정도로 지천으로 피어 있는, 달마저 밝은 봄밤에 서로 통음을 하면서 추위 따위야 느끼지도 못하겠지. 술 취해 늦게 출근해도 별일 없을 터이고. 그런 생각을 하고 있는 자신만 괜히 허전하다.

격변기에도 대의에 따르고 절의를 지키면서 한편으로는 능력을 마음껏 펼쳐 큰 업적을 남길 수 있다면…… 신숙주를 보면서 떠오르는 망상이다.

李商隱 이상은
夜雨寄北 야우기북

君問歸期未有期
巴山夜雨漲秋池
何當共剪西窓燭
却話巴山夜雨時

그대는 돌아올 날 묻지만 아직 기약이 없고
지금 파산에는 밤비 내려 가을 연못이 넘친다오.
언제쯤 서쪽 창가에 함께 앉아 촛불 심지 자르며
파산의 밤비 오는 이날을 얘기할까?

이상은은 중국 당나라 때의 시인으로 자는 의산義山, 호는 옥계생玉谿生이다.

그는 당말의 극심한 당쟁의 소용돌이 속에서 영호초永狐楚의 천거로 관직에 나섰으나 반대파인 왕무원王茂元의 사위가 됨으로써 지조만 잃은 채 냉대를 받았고, 줄곧 외직으로 떠돌다가 객사했다.

그는 수사修辭를 중히 여기고 전고典故를 많이 인용하여 시가 화려했다. 벼슬길은 불우했지만 시는 생존 당시부터 높은 평가를 받고 크게 유행하였으며, 송대에 들어와서도 왕안석으로부터 "인간에 대한 통찰이 있으며 화려한 수사 뒤에 진실된 인격이 보인다"라는 평을 들었다.

이 시는 그가 파산巴山에 있으면서 장안에 있는 친구를 그리워하며 쓴 것이다. 특히 '기期' 자를 중복해 사용함으로써 돌아갈 날만 고대하는 그의 심정을 잘 드러냄과 동시에 돌아오기를 기대하는 친구와의 깊은 우정을 강조하고 있다. 객지에서 줄기차게 내리는 가을비를 보면서 친구를 그리는 마음을 자신의 처지에 담아내고 있다.

참고로 이 시의 제목이 '야우기내夜雨寄內'이며, 친구가 아닌 집에 있는 아내를 그리워하며 썼다는 설도 있다.

金正喜 _{김정희}

悼亡 도망

那將月姥訟冥司
來世夫妻易地爲
我死君生千里外
使君知我此心悲

어떻게 월하노인을 데리고 옥황상제께 하소연하여
내세에는 부부가 위치를 바꾸어서
나는 죽고 그대는 천 리 밖에 살아남아
그대로 하여금 나의 이 슬픔을 알게 할까?

260

조선 후기의 문신이자 서화가인 추사秋史 김정희는 박제가朴齊家에게 학문을 배웠으며, 과거에 급제한 후 암행어사, 예조참의, 성균관 대사성 등을 지냈다. 그러나 당시의 흔들리는 정치 상황에서 유배길이 이어졌고, 오랜 유배 생활 후 만년에는 은거하여 서화書畵와 선학禪學에 몰두했다.

그는 청의 고증학에 조선의 실학을 융화시켜 금석학, 경학, 불교학 등 다방면에 걸쳐 학문의 체계를 수립했다. 또한 시, 서, 화, 전각 등 여러 예술 방면에도 뛰어난 업적을 남겼으며, 특히 필체가 서투른 듯하면서도 맑고 고아한 추사체의 완성은 우리 모두에게 큰 자랑이다. 당시로는 특이하게 부인과 며느리 등에게 한글로 된 편지를 보내는 등 문학 방면에서도 이름이 높았다. 한반도에서 예명藝名으로 그만큼 이름이 많이 오르내리는 사람은 찾기가 힘들 것이다. 그는 새로운 학문과 사상을 정치하게 받아 신문화의 전개를 가능하게 한 선각자라는 평을 듣고 있다.

이 시는 추사가 부인이 죽었다는 소식을 듣고 지은 것으로, 부인에 대한 애절함과 미안함이 절절히 녹아 있다.

추사는 제주도 유배 중 부인에게 제주도 음식이 입에 맞지 않는다고 투정하면서 젓갈 등을 보내 달라고 편지를 보낸다. 그러나 그때는 이미 부인이 죽은 후이다. 추사는 부인이 죽은 것도 모르고 반찬 투정만 한 것을 뒤늦게 알고 통곡한다. 제발 내세에는 서로 부부의 위치를 바꾸어 그가 먼저 죽고 부인은 천 리 먼 제주도에서 살아남아 부인을 잃은 자신의 이 슬픔을 알 수 있게 해달라고 옥황상제에게 빌고 있다.

아래는 중국의 소동파가 무척 사랑한 부인 왕불王弗이 결혼 10년 만에 세상을 뜨자 지은 「도념망처사悼念亡妻詞」의 일부이다(그는 부인의 무덤가에 소나무를 심었다).

"해마다 나를 못 견디게 하는 것은 달 밝은 밤의 작은 소나무였네料得 年年斷腸處 明月夜 短松岡."

누구의 시가 더 절절한지는 독자 여러분에게 맡긴다.

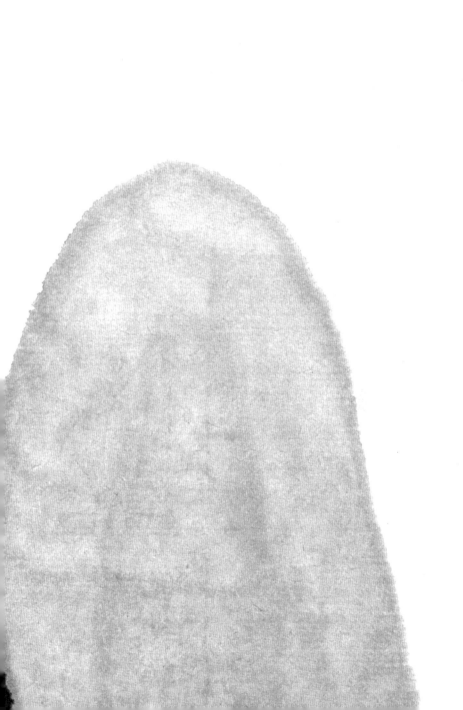

黃眞伊 황진이

奉別蘇判書世讓 봉별소판서세양

月下庭梧盡
霜中野菊黃
樓高天一尺
人醉酒千觴
流水和琴冷
梅花入笛香
明朝相別後
情與碧波長

달빛 아래 정원의 오동잎은 이미 졌는데
서리 속의 들국화는 아직도 누렇네.
누각은 높이 하늘에 닿고
오가는 술잔은 취하여도 끝이 없네.
흐르는 물은 거문고 소리에 어울려도 차고
매화는 피리 소리에 들어 향기를 풍기네.
내일 아침 서로 이별하고 나면
사무치는 정 물결처럼 끝이 없으리.

황진이가 소세양과의 이별을 맞이하여 쓴 시이다.

황진이는 소세양이 던진 '유榴'에 '어漁'로 화답함으로써 의중이 계합하고 정화情火가 상교하여 가연을 맺은 후 소세양이 30일 만에 떠나려 하자 이 시로써 그의 발길을 되돌렸다.

홀수 연은 소세양, 짝수 연은 자신을 빗댄 것으로 비천한 자신의 사랑이 고귀한 소세양의 그것보다 더 순수하고 완전함을 과시하고 있다. 더 나아가 세상에서 가장 귀한 것은 벼슬도 이름도 아니며 오직 변치 않는 사랑임을 웅변으로 보여 주고 있다.

황진이는 성격이 활달하고 학문적 기지를 겸비하여 선비들과 어깨를 겨누고 대화하며 그들에게 뒤지지 않는 한시나 시조를 지었다. 빼어난 미모에 협객의 풍모를 갖춘데다가 가무 등 예술적 재능도 뛰어나, 스스로 홍곡이라고 생각한 사람은 말할 것도 없고 연작에 불과한 이들마저 자신의 처지는 망각한 채 불나방처럼 그녀의 치마폭으로 달려들었으니…….

이 멋진 여인을 그리는 정은 후대에도 면면히 이어져 백사 이항복에 이르러서는 눈 오는 고요한 밤에 이 여인의 비단 치마 흘러내리는 소리로 남았고, 근년의 김광균의 시 「설야雪野」에서는 옷 벗는 소리로 내려앉았다. 백호 임제가 평안도사가 되어 부임하는 도중 황진이의 무덤에 제사를 지내고, "청초 우거진 골에 자는다 누웠는다……"로 시작하는 시조를 지은 일화는 세인에게 널리 알려진 것이고 이 일 때문에 백호의 신상 문제로 번졌으니 참으로 일향백대전一香百代傳이다.

글자 유희 같은 소세양과 황진이의 사랑카드 '유'와 '어'를 풀이해 본다.

먼저 소세양이 내민 유는 석류나무 유니, 즉 석류나무유碩儒那無遊이고, 황진이가 답한 어는 고기잡을 어니, 즉 고기잡을어高妓自不語이다. 그러니 해석하면 (나는) 대유大儒 아니니, 안 놀래. (너가 대유라면 나는) 큰 기생이다. 어찌 스스로 말하리. 이쯤 되어야 천하를 쥐락펴락할 수 있지 않겠는가.

참고로 이 시 첫 구의 '정오庭梧'를 '오동梧桐'으로 표기한 곳도 있지만 다음 줄의 '야국野菊'과의 대구 관계로 보면 '정오'가 더 어울린다.

薛濤 설도

春望詞춘망사 1·3

花開不同賞　　花落不同悲
欲問相思處　　花開花落時

風花日將老　　佳期猶渺渺
不結同心人　　空結同心草

꽃이 피어도 함께 즐길 수 없고
꽃이 져도 함께 슬퍼하지 못하니
묻고 싶어라 그리운 그대 있는 곳
꽃이 피고, 또 꽃이 지는 시절에

꽃잎은 하염없이 바람에 지고
만날 날은 아득타 기약이 없네
무어라 맘과 맘은 맺지 못하고
한갓되이 풀잎만 맺으려는고 (김억 옮김)

설도는 중국 당나라 때의 유명한 여성 시인으로 아버지가 일찍 죽고 집안마저 가난하여 악적樂籍에 들어 악기樂妓가 되었다고 한다.

음률에 밝아 시가를 잘 지었고 재색도 겸비하여 위고, 원진, 백거이, 두목 등 유명한 사대부들과 즐거이 교류했다. 그녀를 둘러싸고 염문과 추문도 많았는데, 위고는 그녀를 교서랑校書郞에 제수하려고 하였지만 주위의 반대로 뜻을 이루지 못했고, 원진과는 짧지만 뜨거운 사랑을 나누었다. 특이한 것은 그녀 자신이 직접 붉은색 편지지를 만들어 거기에 그림과 글씨를 써서 주위에 선물했는데, 사람들은 이를 설도전薛濤箋이라고 불렀다고 하며 오늘날까지 그 전통이 남아 청두 등지에서는 지금도 알록달록한 편지지가 고급스러운 선물로 팔리고 있다고 한다.

이 시는 설도가 열렬한 사랑을 나누다가 헤어진 원진을 그리워하며 쓴 것으로 「춘망사」 네 편 중 첫째와 셋째 편이다. 이 시를 받은 원진은 바로 「설도에게 부치다」라는 제목의 시를 써서 보냈다. 원진은 그 시에서 설도가 글재주가 뛰어나 뭇 시인들도 그녀 앞에서는 붓을 던져야 할 정도라면서 사내들이 앞다투어 설도를 보러 왔다고 썼다. 또한 자신의 설도를 향한 그리움이 창포꽃처럼 피어나 오색구름으로 뻗었다고 했다. 그러나 이들의 사랑은 이것이 끝이었다. 바람둥이 원진과 영화를 좇는 설도 사이에 진정한 사랑이 지속되기는 어려웠다. 그래도 이 시는 멋지다. 사랑의 정과 한이 녹아 있어 가슴이 시리다.

특히 셋째 편은 김성태가 작곡한 가곡 「동심초」의 가사가 되었는데, 안서 김억金億이 번안한 것이다. 여기에서는 이를 존중하여 셋째 편의 우리말 옮김을 김억이 번안한 것을 그대로 따랐다.

꽃이 피어도 함께 감상할 수 없고, 꽃이 져도 함께 슬퍼할 수 없으니, 그리운 그대여 어디 있는지. 꽃이 피고 또 꽃이 지는 이 시절에!

꽃잎은 하염없이 바람에 흩날리는데 만날 날은 기약조차 없네. 계절은 다 지나가고 있는데 그대와는 마음조차 주고받지 못하니 초목에라도 마음을 맺어야만 할까. 잊혀지지 않는 그대여!

李桂生 이계생

贈醉客증취객

醉客執羅衫
羅衫隨手裂
不惜一羅衫
但恐恩情絶

취한 손님이 명주 저고리를 잡으니
명주 저고리가 손길을 따라 찢어졌네.
명주 저고리 하나쯤이야 아까울 게 없지만
다만 주신 은정까지도 찢어졌을까 두려워라.

매창梅窓 이계생은 조선 선조 때 부안현의 아전이었던 이탕종李湯從의 서녀庶女로 태어났다. 여자이다 보니 기록이 제대로 없어 이름이나 행적이 등이 흩날린다(전북 부안에 그녀의 시비가 있다고 하나 가보지는 못했다). 시재詩才가 특출하여 한시 수백 수를 남겼으며 가무에도 뛰어난 다재다능한 예술인이었다고 한다.

매창은 기생이었지만 인조반정의 주역 이귀李貴의 정인이었고, 허균과는 마음을 터놓고 사귀었으며, 의병장 유희경劉希慶과는 30년 가까운 나이를 뛰어넘어 죽을 때까지 사랑에 빠졌으니, 몸은 갔지만 이들이 서로 그리면서 주고받은 시문만으로도 우리의 가슴을 출렁이게 한다.

매창을 중국 당나라 때의 여성 시인 설도와 비교하는 사람들이 있다. 두 사람 모두 기생이면서 글이 뛰어났고 지배층 사내들과 교분을 나누었기 때문이리라. 그러나 매창은 정분은 나누었지만 늘 불안정한 사랑과 그로 인한 고달픈 심정을 소극적이고도 피동적으로 토로한 반면, 설도는 관계를 주도적으로 엮어 가면서 헤어지는 심정을 노래했기 때문에 전자는 안타까움과 그리움이, 후자는 아쉬움과 새로운 결의가 주조를 이루었다. 조선과 당나라의 남녀관의 차이도 글에 영향을 미친 것이 아닌가 싶다.

이 시는 술 취한 손님에게 준 것으로 그녀의 성품을 잘 보여 준다. 취한 손님이 명주 저고리를 잡으려고 하여 피하려다 보니 손님의 손에 명주 저고리가 찢어졌다. 비싼 명주 저고리이지만 아까울 게 없고 오히려 손님이 이 일 때문에 정을 거둘까 두렵다.

林悌 임제

無語別 무어별

十五越溪女
羞人無語別
歸來掩重門
泣向梨花月

열다섯의 아리따운 아가씨가
남부끄러워 말도 못하고 이별했네.
돌아와 겹문마저 닫아걸고
배꽃 같은 달을 보며 우네.

임제는 조선 선조 때의 시인으로 자는 자순子順, 호는 백호白湖이다.

그는 어려서부터 술과 기루妓樓를 탐하며 풍류재사의 기질을 보였다. 벼슬에 나아갔지만 홍문관 지제교가 고작이었고, 스승인 성운成運이 죽자 그것마저 내던진 채 산천을 떠돌며 음풍농월로써 일생을 보냈다.

죽음을 앞두고는 자식들에게 "사해제국四海諸國이 다 황제를 일컫는데 우리만 그렇게 하지 못하고 있다. 이런 미천한 나라에 태어나 어찌 죽음을 애석해 하겠는가"라고 말하며 곡哭을 하지 말도록 유언했다.

전국을 누비면서 뛰어난 재기로 같은 시대를 살아가지만 주류에서 벗어나 있던, 특히 기생과 여인, 승려와 무지렁이 등에 관한 시와 일화를 많이 남겨 서민들의 고단한 삶에 위안거리를 주었다.

이 시는 낭랑 15세 소녀의 풋사랑을 그린 것이다.

열다섯 아리따운 아가씨가 길을 가다가 마음에 드는 사내를 보았지만 남들 보기 부끄러워 말 한마디 못하고 돌아왔다. 혹시 남이 알까 봐 겹문까지 잠그고 진정하려고 애써 보지만 미련을 하소연할 길이 없어 배꽃 같은 달을 보고 눈물을 흘린다. 마치 곁에서 훔쳐보고 쓴 시 같다.

魯迅 루쉰
楊銓 양취엔을 추모하며

豈有豪情似舊時
花開花落兩由之
無情最是江南雨
又爲斯民哭健兒

호방한 정신이야 어찌 예전 같겠는가?
꽃 피고 지는 일도 제각각이거늘
강남에서 이렇게 또 비눈물을 흘릴 줄 어찌 알았으리?
민중을 위해 스러져 간 건아로 인해 울고 있다.

중국의 작가 루쉰(본명은 저우수런周樹人)은 유복한 가정에서 태어나 난징과 일본 등지에서 유학했다. 귀국 후 교사, 교육부 관리 등을 지냈으며 평생 글로써 중국 민중을 깨우치기 위해 힘썼다. 특히 일본 유학 중 무지한 민중은 아무리 체격이 건장해도 제 몸 하나 간수하지 못하는 바보 같은 구경꾼이 될 수밖에 없다는 것을 절실히 느끼고 약육강식의 제국주의 각축장에서 중국이 적자생존에 따라 도태되는 것을 막으려고 노력했다.

그는 전 생애를 통해 눈앞의 현실은 외면한 채 공허한 영웅주의와 무력한 패배주의, 막연한 대국 의식, 맹목적인 정신적 우월주의 등에 빠져 있는 중국 민중들의 정신적 마비를 각성시키고 그들에게 이러한 정신적 낙후성을 고착시켜 온 전통적 사회와 그 의식 구조 등을 날카롭게 파헤쳐 민중들을 깨우치려고 했다. 외관은 근대화를 부르짖지만 실상은 봉건제를 닮아 가는 혁명과 개혁에 대해서도 두려움 없이 비판의 칼을 휘둘렀으며 공자마저 그의 칼끝을 피하지 못했다. 지독한 일 중독자인 그는 한순간도 그 힘들고 어려운 길에서 벗어나지 않은 채 민중들을 각성시키기 위하여 노력하다가 결국 폐병으로 죽었다. 그의 관을 덮은 천에도 '민족혼民族魂'이라는 글자가 쓰여 있었다고 한다. 저서로 『아큐정전』『광인일기』 등이 있다.

루쉰의 사상이나 문학은 중국의 온전하지 못한 현실에 일차적인 기반을 두었지만 결과적으로 공산당 혁명이나 프롤레타리아 국제주의 노선 투쟁에 큰 영향을 미쳤다. 중공 정권이 수립되자 그는 정치적 풍파에 관계없이 영웅으로 추앙받고 있으며, 그를 기리는 '루쉰 문학상'을 만들어 시상해 오고 있다. 이 시는 그가 1933년 차이위안페이蔡元培, 양취엔 등과 함께 민중의 권리를 보호하고 체포된 혁명 인사들의 구명 운동을 위해 중국 민권보호동맹을 결성하였는데, 그해 6월 양취엔이 국민당측에 의해 암살되자 그를 추모하면서 쓴 것이다. 꽃 피고 꽃 지는 일도 제각기 연유가 있거늘 어찌 만물의 영장이라는 인간이, 그것도 피를 나눈 동지가 죽임을 당할 줄도 눈치채지 못했단 말인가. 참으로 처연하다.

묻고 싶어라 그리운 그대 있는 곳
꽃이 피고, 또 꽃이 지는 시절에

欲　問　相　思　處
花　開　花　落　時

袁世凱 원세개
安重根義士輓 안중근의사만

平生營事只今畢
死地圖生非丈夫
身在三韓名萬國
生無百世死千秋

평생에 해야 할 일 이제야 마쳤구려
죽을 땅에서 살기를 도모하는 것은 장부가 아니오
몸은 삼한에 있지만 이름은 만국에 떨쳤으니
백 년도 못 살았지만 죽어 천 년은 갈게요.

❖
聞義兵將安 報國讐事 문의병장안 보국수사

從古何嘗國不亡	예로부터 망하지 않은 나라가 있겠는가만
纖兒一例壞金湯	소인배들이 하나같이 금성탕지를 무너뜨렸지.
但令得此撑天手	다만 하늘을 떠받칠 수 있는 솜씨로 하여금
却是亡時也有光	도리어 망할 때 빛을 발하게 했네.

중국 청나라의 정치가 원세개가 안중근의 의거를 찬양한 시이다.

관직과 정치를 자신의 이익과 영달을 위해 집요하게 이용한 원세개는 우리나라와도 인연이 깊어 임오군란 때는 대원군을 납치하는 등 조선의 내정·외교에 깊숙이 간섭했으며 백성들에게도 많은 해를 끼쳤다. 개인적으로는 이때 근무가 바탕이 되어 영달의 길로 들어섰다.

그는 과거 낙방 후 군인의 길로 들어섰지만 벼슬 운은 좋아 조선 근무를 거쳐 대신, 총독, 내각 총리대신, 총통, 그리고 마침내 황제의 자리에까지 올랐다. 그러나 너무나 어이없는 그의 황제 자리는 글자 그대로 남가일몽이 되었고, 곧바로 군주제를 취소하고 물러났지만 하늘은 그에게 만성피로와 요독증 등을 안겨 사망에 이르게 했다. 그는 특이하게도 점이나 관상 등을 맹신하여 늘 이에 따라 일을 처리했다고 하며, 심지어 황제 자리도 여기에 힘입었다고 한다. 황제 자리를 예측한 무비자無非子란 술사가 그에게 "구구九九"라는 계시를 주었다는데, 이게 그의 재위 기간을 알려준 것이라는 부언浮言도 있다(그의 재위 기간은 83일이었지만 취임일과 퇴임일은 채 하루가 되지 않아 이를 빼면 81일, 즉 9×9=81일이란 뜻이란다).

향시에도 합격하지 못한 그였지만 급격하게 소용돌이치는 정세 변화를 잘 읽고 결단력이 뛰어나 끝내는 최고 실세로 부상했고, 밖으로는 외국 열강의 침입, 안으로는 신해혁명의 혼란 속에서 보수 세력이나 혁명 세력 모두 그를 이런 사태를 평화롭게 해결할 수 있는 유일한 사람으로 지목하여 초대 대총통에까지 이르게 했다고 하니 때로는 민심도 천심과 어긋나는 것인지?

그는 제위까지 욕심을 내어 결국 황제가 되기는 했지만 곧바로 중국 전체에 '토원討袁' 깃발이 나부끼고, 지방 군벌이 중앙에서 독립하여 할거하고 이는 결국 내전으로 이어져 나라가 조각이 났다. 그래도 이 시만은 멋지다. 대단한 의거에 대하여 뛰어난 글로 받은 느낌이다.

안 의사의 의거에 대한 또 다른 시를 소개한다. 창강 김택영의 「문의병장안 보국수사 聞義兵將安 報國讎事」❖ 3수 중 하나이다.

章碣장갈
焚書坑분서갱

竹帛煙消帝業虛
關河空鎖祖龍居
坑灰未冷山東亂
劉項元來不讀書

책 타는 연기 꺼지자 제업도 사라지고
함곡관과 황하만이 황제의 궁전을 둘러쌌네.
구덩이 속 재가 채 식기도 전에 산동이 어지러워
유방과 항우는 원래 책을 읽지도 않았는데.

시인 장갈은 중국 당나라 목주(전당) 사람으로 함통咸通과 건부乾符 연간에 이미 시명詩名을 크게 떨쳤다. 그러나 진사시에마저 낙방하고 강호를 유람하다 죽었다. 시 26수가 전한다.

이 시는 겉으로는 진시황의 분서갱유를 비난하고 있지만, 실제는 자신의 권력욕을 채우기 위해 난을 일으킨 유방과 항우를 조롱하고 있다.

책 타는 연기가 사라지자 진시황의 통치도 끝이 났고, 그저 함곡관과 황하가 이를 증명하듯이 둘러싸고 있을 뿐이다. 그런데 책을 태운 구덩이 속 재가 채 식기도 전에 난을 일으킨 이유는 무엇인가. 진시황이 분서하는 것을 보고 분노해서 그런 것인가. 그들은 책도 읽지 않은 사람들이었는데……. 도대체 그들이 나라를 어떻게 경영하고, 민생을 어떻게 안정시킬 것인가에 대한 그런저런 책 한 권이라도 읽고 난을 일으킨 것인가. 도대체 누구를 위하여 난을 일으킨 것인가, 시인은 통렬하게 묻고 있다.

柳宗元 유종원

漁翁어옹

漁翁夜傍西巖宿

曉汲淸湘燃楚竹

日出烟消不見人

欸乃一聲山水綠

回看天際下中流

巖上無心雲相逐

늙은 어부 밤이면 서쪽 바위에서 자고
새벽이면 맑은 상수 물 긷고 초죽을 태워 밥 짓는다.
연기 사라지고 해 떠올라도 사람 보이지 않는데
어기영차 노 젓는 소리에 산도 물도 푸르다.
하늘가를 돌아보며 중류로 내려가니
바위 위 무심한 구름만이 서로 쫓고 있네.

유종원은 중국 당나라 때의 문인으로 유하동柳河東, 유유주柳柳州로도 불렸다. 한유와 더불어 고문古文 부흥 운동을 제창하였으나 사상적 입장에서는 서로 대립적이었다. 한유가 전통주의인 데 반하여 유종원은 유·불·도를 참작하되 신비주의는 배격하는 합리주의적 입장을 취했다. 혁신적 진보주의자로서 왕숙문의 신정에 참여하였으나 실패하여 변경으로 좌천되었다. 그러나 이런 좌절과 변경 생활은 그의 사상과 문학을 더욱 깊게 만들었다.

늙은 어부가 밤에는 서쪽 바위 위에서 자고 새벽이 되면 물을 길어 밥을 짓는다. 그런데 해가 완연히 떠오르자 어부는 보이지 않고 노 젓는 소리만 들리고 청산은 더욱 푸르게 보인다. 가만히 보니 어부는 이미 중류로 내려가 머리를 돌려 무심한 구름만 보고 있다.

이 시는 특이하게도 7언 6구로 되어 있다. 7언 4구가 아닌 6구로 이루어지다 보니 모든 구가 다 필요하느냐는 의문이 생긴다. 최고의 시인인 소동파가 먼저 펜을 들었다. 3, 4구에 무궁한 효과가 있기 때문에 5, 6구는 빼도 괜찮겠다고 한 것이다. 그러자 남송의 류진옹劉辰翁, 명의 왕세정王世貞 등이 나서서 오히려 마지막 두 구가 더 의미가 있다고 주장하면서 논쟁이 되었다. 이후 지금까지도 중국의 저명한 시인들이 마지막 두 구를 남기는 게 좋은지, 아니면 빼는 게 좋은지를 두고 논쟁을 계속하고 있단다.

논쟁치고는 멋있다. 나도 그 자리에 끼고 싶다.

긴 것은 긴 대로, 짧은 것은 짧은 대로, 높은 것은 높은 대로, 낮은 것은 낮은 대로 둠長者任其長 短者任其短 高者任其高 下者任其下이 어떠한지?

陶淵明 도연명
歸去來辭 귀거래사

歸去來兮 田園將蕪胡不歸
旣自以心爲形役 奚惆悵而獨悲
悟已往之不諫 知來者之可追
實迷途其未遠 覺今是而昨非
舟搖搖以輕揚 風飄飄而吹衣
問征夫以前路 恨晨光之熹微

돌아가리라, 전원이 묵었으니 어찌 돌아가지 않으리.
여태껏 마음은 몸을 위한 노예였거늘
어찌 근심하고 홀로 슬퍼만 하겠소.
지난 일은 후회한들 고칠 수 없으나
앞일은 바르게 할 수 있음을 알았다오.
길을 잃었으나 아직 멀리 가지는 않았으니
지금이 옳고 어제가 틀렸음을 깨달았소.
배는 흔들흔들 가볍게 나아가고, 바람은 한들한들 옷깃을 흔든다.
나그네에게 앞길을 물어 두었지만, 새벽빛이 어두워 걱정이 되네.

도연명은 이름이 잠潛이고 호는 오류 선생五柳先生으로 중국 동진東晉의 몰락한 귀족 가문 출신이다. 가난 때문에 29세에 강주의 제주祭主를 했으나 곧 사임하였고, 걸식을 하기도 했다. 41세에 평택현 현령이 되었으나 「귀거래사」를 읊고 낙향했으며 곧이어 남송 왕조가 들어서서도 벼슬을 권유받았으나 사절했다. 63세에 전염병으로 죽었다.

도연명은 가난 때문에 벼슬을 했지만 함부로 허리를 굽히지 않는 등 고고한 삶을 살아 '정절 선생靖節先生'으로도 불렸다.

그의 시는 소동파가 "세속의 티끌을 넘어서서 맑고 깊은 운치를 자아내는 선경의 경지"라고 극찬했으며, 당의 왕유 등에게 큰 영향을 주었고 이후 전원시파의 비조가 되었다. 그는 특이하게도 음주시를 무려 20수나 썼는데, 퇴계가 이에 화답하여 같은 운으로 「화도음주시이십수和陶飮酒詩二十首」를 짓기도 했다.

「귀거래사」 중 일부인 이 시는 도연명이, 가난으로 고생하는 조카가 안쓰러워 숙부가 추천한 팽택현 현령을 하고 있을 때 지방 순시관인 독우督郵가 시찰을 나오자 "내가 어찌 쌀 닷 말五斗米에 소인에게 허리를 굽히겠느냐"며 벼슬을 그만두고 고향으로 돌아오면서 지은 것이라고 한다. 답답하고 혼탁한 현실에서 벗어나 땀 흘려 농사짓고 자연과 벗하며 자유롭게 살고자 하는 시인의 소망이 잘 드러나 있다.

「귀거래사」는 중국인들이 즐겨 낭송하는 시로, 특히 위 부분이 가장 널리 회자되고 있다.

杜牧 두목

江南春 강남춘

千里鶯啼綠映紅
水村山郭酒旗風
南朝四百八十寺
多少樓臺烟雨中

천지에 꾀꼬리 소리, 푸른 잎에 붉은 꽃
강마을 산 어귀에 술집 깃발 펄럭이는데
남조시대의 480개 절이
누대마다 안개비에 젖는구나.

중국 당나라 때의 시인 두목은 재상 두우杜佑의 손자로 26세에 진사가 되었고 명문가로서의 집안에 대한 자부심이 대단하여 '우리 집안은 상공의 집안 칼 차고 땡땡거렸지我家公相家 劍佩嘗丁當'라며 으스대기도 했지만 곧바로 현실을 직시하고 지방 근무를 자임하여 여러 곳의 자사刺史를 지냈다.

그는 지배층의 황음무치한 생활에 불만을 표시하고 민중의 고통을 동정하였으나 자신의 이상을 펼 수 없어 일생을 불만 속에서 지냈으며 만년에는 그도 방탕한 생활을 하였다고 한다. 특기할 만한 것은 그가 신라 장보고의 활약상 등에 관하여『장보고 장생전』을 썼는데 이것이 장보고에 대한 정사의 저본이 되었다고 한다.

시풍이 비슷하여 두보를 대두大杜, 두목을 소두小杜로 불렀다.

이 시는 중국 남북조시대 남조의 봄 경치를 그림처럼 묘사하고 있다. 당시에는 불교가 크게 유행했는데, 나라에서는 불교를 이용해 황실의 절대적 권위를 확립하려고 했고 황제는 불력을 빌려 세속의 지배를 정당화하려 했다. 불교 사찰이 양나라 이전에는 500여 개이던 것이 양 무제 때 700여 개로 늘어났다가 진나라 때는 무려 1,200여 개가 되었다고 한다. 이게 이 시의 배경이다.

중국 장강 이남 강남 지방의 봄 경치는 워낙 아름다워 오랫동안 시나 그림의 소재가 되어 왔는데, 이 시는 이러한 강남 지방의 정취를 읊은 대표적인 작품으로 꼽힌다. 봄이 오니 강산이 온통 붉고 푸르다. 온갖 생명들이 삶의 환희를 노래하니 내 몸속에서도 술기운이 인다. 남조시대에 번성했던 수많은 절과 사원들, 그곳을 거닐던 그 많던 재자가인들은 다 어디 가고 누대만이 쓸쓸히 안개비에 젖는다.

우리나라 문인들도 신라의 최치원 이래 다수가 쉽게 가볼 수 없는 중국 강남의 경관과 문화를 동경하여 시나 그림으로 강남을 이국적이고 낭만적으로 묘사했으며, 많은 작품들이 전해 오고 있다.

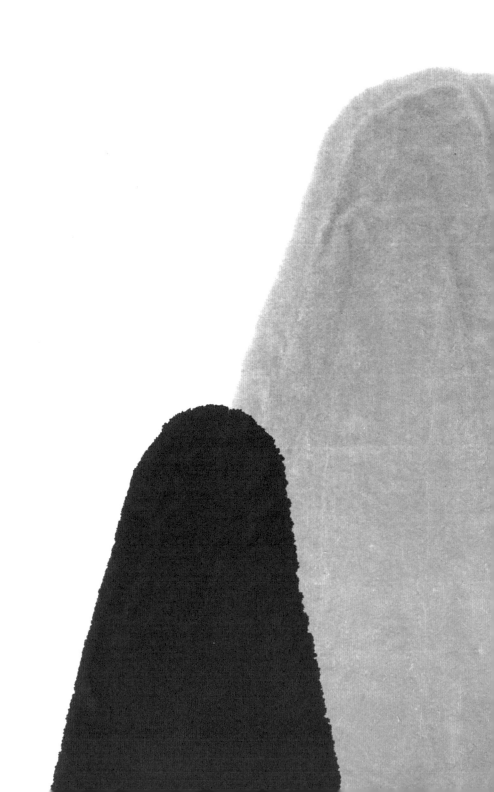

朴趾源 박지원
遼野曉行 요야효행

遼野何時盡
一旬不見山
曉星飛馬首
朝日出田間

요동 벌판 어느 때나 끝이 날는지
열흘 내내 산이라곤 보지 못했네.
새벽 별은 말 머리 위로 날아오르고
아침 해가 논밭에서 솟아나네.

288

박지원은 조선 정조 때의 문장가이자 실학자로 자는 중미仲美, 호는 연암燕巖이다. 과거에 수차례 응시했다가 낙방한 이후 학문 연구와 저술에 전념했으며 청나라의 신문물에 관심을 두었다. 뒤늦게 50세에 음서로 출사하여 명천군수, 양양부사 등을 역임했다. 북학파의 영수로 서양의 신문물을 소개하면서 양반 사회의 특권과 사회 전반의 개혁을 주창했다.

박지원은 친족 형 박명원朴明源이 청나라에 진하사進賀使로 갈 때 동행하여 요동, 요하, 북경 등지를 여행하면서 청나라와 신문물을 소개하고 배워야 할 점을 기술하면서 조선의 전반적인 문제에 관하여 비판적으로 서술하여 당시 큰 논란을 불러온 『열하일기』의 저자이기도 하다. 특히 자연스러운 문체와 기발한 착상으로 「호질」「허생전」「예덕선생전」 등 여러 편의 한문 소설을 발표하여 당시 양반 계층의 타락상과 일탈을 고발하고 새로운 시대를 향한 인간상을 창조함으로써 사회에 큰 충격을 주었다.

이 시는 새벽에 요동 벌판을 지나는 소회를 읊고 있다. 끝없이 펼쳐진 요동 벌판, 지평선은 끝이 없어 열흘을 가도 끝이 보이지 않는다. 말 머리 위로 반짝이는 새벽 별과 논밭 위로 솟아오르는 아침 해를 보면서 길을 재촉해야 할 정도로 사행길은 촉박한데 요동벌은 여전히 아득하다.

申緯 신위
東人論詩 동인논시

長嘯牧翁倚風磴
綠波添淚鄭知常
雄豪艶逸難上下
偉丈夫前窈窕娘

길게 휘파람 불며 돌계단에 기댄 목은
푸른 물결 위에 눈물 보태던 정지상
호방함과 아름다움 우열을 가리기 어려워
늠름한 장부 앞에 정숙한 아가씨라 할까.

신위는 조선 후기의 시인이자 서화가로 문과에 급제하여 이조참판 등을 지냈다. 국내외의 저명한 학자, 예술가 등과 폭넓게 교유하였으며 이를 바탕으로 많은 저술을 했다. 시·서·화의 삼절로 불렸으며, 김택영으로부터 조선 제일의 대가라는 찬사를 받았다.

이 시는 최치원에서부터 김상헌에 이르기까지 800여 년 동안 51명의 시인들에 대해 평한 『동인논시』 가운데 이색과 정지상에 대하여 쓴 것이다.

이색의 시 「부벽루」 중의 '길게 휘파람 불고 돌계단을 기대니長嘯倚風磴'와 정지상의 시 「송인」 중의 '해마다 이별 눈물 푸른 강물에 더해지네別淚年年添綠波'를 인용하여 두 시인을 비교 평가하고 있다.

이색의 웅호雄豪와 정지상의 염일艶逸은 우열을 가리기가 어려우나 비유하자면 늠름한 장부 앞에 요조숙녀가 서 있는 격이라고 평하고 있다. 참고로 그의 당시 사회에 대한 시각을 보여 주는 시 한 편을 소개한다. 「잡서오십수중기사雜書五十首中其四」이다.

士本四民之一也	선비도 본래 4민(사·농·공·상) 중 하나일 뿐
初非貴賤相懸者	처음부터 귀천이 현격했던 것은 아니었네.
眼無丁字有虛名	낫 놓고 기역자도 모르는 허명의 선비 있어
眞賈農工役於假	진짜 농공상이 가짜에게 부림을 받는다.

李世民 이세민
賦得含峯雲 부득함봉운

翠樓含曉霧

蓮峰帶晚雲

玉葉依巖聚

金枝觸石分

橫天結陣影

逐吹起羅文

非復陽台下

空將惑楚君

푸른 누각에 새벽안개 자욱하고
연꽃 봉오리에 저녁 구름 둘러 있네.
옥 같은 잎은 바위 위에 모여 있고
금 같은 가지는 돌에 걸려 나뉘어졌네.
햇빛 비친 구름은 하늘을 가로질러 이어 있고
바람 따라 비단 무늬 만드네.
양태 아래도 아닌데
부질없이 초나라 임금을 유혹하려 하는구나.

당나라 태종 이세민은 중국인들로부터 중국 역사상 가장 훌륭한 군주로 평가받고 있다. 청의 강희제 등과 비교해 보면 그가 한족漢族이기 때문인 것 같기도 하지만, 최근의 연구는 그도 선비족 피가 섞여 있다고 하니 단정은 어렵다.

그는 수나라 말기의 혼란 사태를 종식시키고 당을 건국하는 데 큰 공을 세웠고, 황제였지만 교만하지 않았으며, 무인 출신이었지만 학문에 게으르지 않았다. 그리고 공신들을 우대하면서도 문벌에 상관없이 새로운 인재를 등용하여 신·구 조화를 꾀하는 등 사람 쓰는 일이 교묘했으며, 백성의 어려움을 들어주는 것을 치정의 기본으로 삼았다. 더 나아가 도교와 불교가 지나친 유행으로 방종으로 흘러가자 이를 억제하고 금욕적인 유학을 장려했으며 '당률唐律'을 제정하고 『북제서』 『수서』 등 역사서를 국가 기관인 홍문관에서 편찬했다.

그러나 세월이 흐르면서 그의 거울이 되었던 위징도 가고, 훌륭한 내조자였던 아내 장손황후도 가고, 몸이 늙고 총명을 잃어 가자 불로장생술에 관심을 가졌다. 절대권력을 가졌으니 절대운명을 얻고 싶었던 것일까? 그의 최대 실책이라고 할 고구려 원정이나 후계자 선정 등이 이와 무관하지 않다. 특히 고구려 원정은 그의 죽음마저 앞당겼다.

그는 서예에도 조예가 깊어 직접 서법書法 서적을 짓기도 했는데 이로 인해 서예가 크게 발전했다. 특히 왕희지의 글씨를 워낙 좋아했다. 그러나 「난정서蘭亭序」를 그의 무덤까지 가져간 것은 아무래도 지나치다.

이 시는 득함봉을 배경으로 주변 경관을 묘사하고 있다. 누각과 연꽃 봉오리에 안개와 구름이 가득하고, 주변에 있는 바위와 돌도 금빛 은빛으로 빛난다. 햇빛을 가득 담은 득함봉의 구름이 하늘을 가로질러 펼쳐져 있으면서 마치 바람 따라 움직이는 비단 같다. 이 구름이 남녀가 만나는 장소인 양태陽台에서 낮에는 구름이 되고 밤에는 비가 되는 무산신녀巫山神女(중국 신화 속의 여신)가 마치 초나라 임금을 유혹하는 것처럼 보인다. 그의 문학적 상상력이 대단하다.

歐陽脩 구양수

豐樂亭 游春 풍락정 유춘

紅樹青山日欲斜
長郊草色綠無涯
游人不管春將老
來往亭前踏落花

붉은 나무 푸른 산에 해는 기우는데
너른 들판의 풀빛, 끝없는 푸르름이여.
유람객들은 봄이 가는 것도 아랑곳 않고
정자 앞을 오가며 떨어진 꽃을 밟는다.

중국 송나라의 정치가이자 문인인 구양수는 가난한 집안에서 태어나 문구를 살 돈이 없어 어머니가 모래 위에 갈대로 글씨를 써서 가르쳤다는 이야기가 전해 온다. 24세에 과거에 합격한 후 형부상서, 참지정사, 태자소사 등을 지냈다.

그가 지예부공거가 되어 과거 시험을 변려문보다는 고문을 중시하는 쪽으로 바꾼 후 소식과 소철 형제가 합격하였으며 그에 앞서 그들의 아버지 소순도 천거하여 등용케 한 이야기는 유명하다. 이러한 개편은 과거가 가진 중국 지식인 사회의 영향력에 비추어 중국 문학에 새로운 지평을 열었다고 평가받고 있다. 신·구 법당의 대립 등 극심한 정치적 소용돌이 속에서 같은 당 여부에 상관없이 소씨 삼부자를 모두 조정에 출사하게 한 것은 그의 역량과 배포를 보여 준다 할 것이다.

그는 재임 내내 개혁 세력과 반개혁 세력의 다툼으로 관직에는 여러 차례 부침이 있었지만 관리로서는 백성의 신망을 얻었다. 당시에는 특이하게도 성추문에 몇 차례 휩싸여 화제가 되기도 했으며 26번이나 은퇴 상소를 올려 결국 받아들여졌다.

구양수와 왕안석, 그리고 소식의 관계를 살펴보면 참으로 안타깝다. 그들이 정치적인 면에서만이라도 타협할 수 있었다면 과연 송宋이 저렇게 되었겠는가라는 생각이 든다. 지도자들의 협량이 얼마나 중요한가를 새삼 느끼게 한다.

이 시는 구양수가 저주滁州에 온 후 풍산 아래 풍락정을 짓고 그곳에서 봄을 즐기는 심정을 노래한 것이다.

늦은 봄의 풍경도 그러하지만 그의 심경도 이때는 여유가 있었던 것 같다. 시인은 봄이 주는 환희에 젖어 그 봄이 가는 것도 눈치채지 못한 채 헤어나지 못하는 인간들을 지긋이 내려다보고 있다.

밟히는 꽃은 누구인가. 바로 인간이 아닌가. 일시적 성취에만 젖어 바로 그다음 순간에 일어날 일도 모른 채 그저 환희에 도취해 있는 인간상을 그리고 있다.

李仁老_{이인로}

瀟湘夜雨소상야우

一帶滄波兩岸秋
風吹細雨洒歸舟
夜來泊近江邊竹
葉葉寒聲摠是愁

강에는 푸른 물결 양쪽 언덕은 가을인데
바람이 가랑비를 불어 돌아가는 배에 뿌리네.
밤이 되어 강변 대숲 가까이 가니
잎마다 차가운 빗소리 모두 다 시름되는 것을.

이인로는 고려 명종 때의 학자로 자는 미수眉叟, 호는 쌍명재雙明齋이다.

그는 귀족 집안에서 태어났지만 일찍이 부모를 여의고 승려 손에서 자랐다. 승려가 되었다가 환속한 후 진사과에 장원급제하여 한림원 등에서 근무했으며 좌간의대부 등을 지냈다. 임춘 등과 함께 중국의 죽림칠현竹林七賢을 본뜬 죽림고회竹林高會를 만들어 시와 술을 즐겼으며 본격적인 비평 문학서인 『파한집』, 시집인 『은대집』『쌍명재집』 등을 저술했다. 『고려사』는 그가 "성미가 편벽하고 급하여性偏急" 크게 쓰이지 못하였다고 평했다.

이 시는 소상 8경 중 하나인 「소상야우」라는 그림을 보고 지은 시라고 한다. 온통 가을이 짙은 소상강에 비를 맞으며 배가 돌아가고 있다. 밤이 되어 강변 대나무 숲에 배를 정박시키니 대나무 잎에 떨어지는 차가운 가을비 소리가 시인의 시름을 불러일으킨다. 가을은 진정 시름愁의 계절일 게다.

實迷途其未遠，
覺今是而昨非

길을 잃었으나 아직 멀리 가지는 않았으니,
지금이 옳고 어제가 틀렸음을 깨달았소.

李齊賢 이제현
山中雪夜 산중설야

紙被生寒佛燈暗
沙彌一夜不鳴鍾
應嗔宿客開門早
要看庵前雪壓松

이불은 종잇장같이 차고 불당 등불은 어두운데
사미는 한밤 내내 종을 치지 않는다.
아마 성내겠지, 자던 손이 일찍 문을 열고서
암자 앞의 눈에 덮인 소나무를 보잔다면.

이제현은 고려 말기의 문신으로 자는 중사仲思, 호는 익재益齋이다.

약관 15세에 국자감시에 장원으로 합격하였고, 벼슬은 문하시중에 이르렀다. 그는 29세에 처음으로 원나라의 수도인 연경에 발을 디딘 이래 자주 왕래하며 당대의 석학들과 교유하면서 학문적 깊이를 더하였고, 중국 내륙을 여러 차례 여행하면서 견문을 넓혔다.

당시 원나라와 고려의 정치 상황 변화에 따라 왕들이 자주 교체되는 상황에서 고려의 정국을 안정시키는 데 크게 기여했다.

또한 탁월한 유학자로 성리학의 발전을 이끌었으며, 고려의 한문학을 한 단계 끌어올렸다는 평도 있다. 왕명으로 실록을 편찬하였고, 원나라 조맹부의 서체를 고려에 도입하여 유행시켰으며, 고려의 민간 가요 17수를 한시로 번역했다. 저서에 『익재난고』『역옹패설』 등이 있다.

이 시는 눈 내리는 밤 산속 절에서 겪은 느낌을 혼자 이야기하듯 풀어내고 있다. 눈 내리는 밤에 종잇장 같은 이불을 덮고 있어 찬 기운이 스며드는데 등불마저 침침하다. 어린 사미는 추워 꼼짝도 하기 싫어 종 치는 것도 잊고 이불 속에 있다. 이런 상황이니 눈에 덮인 소나무를 보자고 문을 연다면 아마 틀림없이 성을 낼 것이다.

참고로 이 시는 실려 있는 책에 따라 '암전庵前'이 '정전庭前' 또는 '암전嵒前'으로 전하고 있다.

張英 장영
千里修書只爲墙천리수서지위장

千里修書只爲墙
讓他三尺又何妨
長城萬里今猶在
不見當年秦始皇

천 리 멀리 보낸 편지가 겨우 담장 때문이라니,
그에게 석 자쯤 양보한들 무슨 탈이 있겠소.
만 리나 되는 장성은 지금도 남아 있지만
그때의 진시황은 볼 수 없지 않소.

302

장영은 중국 청나라 안휘성 동성 사람으로 자는 돈복敦復, 호는 낙포樂圃이다. 강희 6년(1667)에 진사가 되고, 편수를 거쳐 문화전대학사에 오른 뒤 예부상서를 겸했으며 재상으로 불렸다.

그는 서실에 "서가의 옛 책 중에 읽지 못한 책이 있으면 때때로 노력해야 하고 세상 살면서 좋은 일 다 하지 못했거든 반드시 마음에 새겨 두어야 한다讀不盡架上古書 卻要時時努力 做不盡世間好事 必須刻刻存心"라는 주련을 걸어 놓고 늘 마음을 다잡아 성품이 너그럽고 도량이 커 '재상의 뱃속에는 배도 띄울 수 있다'라는 평을 들었다.

특히 그의 아들 장정옥張廷玉은 옹정제의 절대적인 신임을 받아 보화전 대학사, 군기대신 등 청나라 요직을 두루 거치는 등 강건 3대 50여 년 동안 비교할 만한 상대를 찾기 어려울 정도로 최고의 영화를 누렸다. 그들은 부자쌍학사父子雙學士, 노소이재상老少二宰相이라는 칭송을 듣는 등 6대에 걸쳐 13명의 진사가 배출되는 명문가가 되었다.

이 시는 장영이 재상으로 있을 당시 새로 집을 짓는데 그 경계를 두고 이웃 오(엽?)씨 집안과 분쟁이 벌어졌으니 이를 해결해 달라는 고향집으로부터의 편지를 받고 그 답장으로 보낸 것이다. 이 편지를 받은 가족들은 곧바로 그 뜻을 알아차리고 담장을 세 척 뒤로 물렀고, 그러자 상대방도 뒤로 세 척을 양보하여 그 사이에 육 척의 길이 생겼다. 이것이 널리 알려져 양타삼척讓他三尺 또는 육척항六尺巷의 고사가 되었다.

2차 대전 후 마오쩌둥이 소련과 협상하면서 "싸우고 또 싸우면 길이 통하지 않는다. 양보하고 또 양보하면 육 척 골목이 생긴다爭一爭 行不通 讓一讓 六尺巷"라면서 이 고사를 든 것은 유명한 일화이고, 이는 결국 중국인의 긍지가 되었다. 이 아름다운 이야기는 두고두고 전승되어 그 장소인 동성시 서후가의 육척항은 유명한 관광지가 되었다고 한다.

인생사 양보는 어렵다. 특히 시비 중에 스스로 양보하는 것은 정말 쉽지 않다. 참으로 큰 용기가 필요하다. 그러나 그 용기가 사람을 만들고 그런 사람이 역사를 만든다.

鄭澈 정철

山寺夜吟 산사야음

蕭蕭落木聲
錯認爲疎雨
呼僧出門看
月掛溪南樹

우수수 낙엽 지는 소리에
성근 비라고 착각했네.
스님 불러 문을 나가 보게 했더니
달이 시내 남쪽 나무에 걸려 있다네.

송강松江 정철은 왕실 인척으로서 어린 시절을 보냈으나 10세 무렵에 을 사사화로 아버지가 유배길에 오르면서 고된 유년 시절을 보내야 했다. 그러다 26세에 진사시에 급제한 뒤 이조정랑, 홍문관 전한, 예조참판, 대사헌을 거쳐 우의정, 좌의정까지 역임하고, 서인의 영수로 명종대부터 선조대까지 붕당 정치의 한가운데 있었다.

그는 강직하고 청렴한 성품에 재주도 뛰어났으나 다혈질이고 직설적인데다가 융통성이 부족하여 타인의 잘못이나 실수에 대하여 거침없이 탄핵하면서 그의 재임 동안 많은 사람들에게 가혹한 처벌이 내려지게 했다. 그러다 보니 반대파(동인)로부터는 '간철' 등 지독한 모욕을 받아야 했으며, 역사에서의 평가도 호의적이지 않다. 그러나 정조는 그를 "얼음처럼 맑고 옥처럼 깨끗하며 어린애의 마음으로 나라를 위해 일했다冰淸玉潔 赤心奉公"(『일득록』)라고 평했으니, 사람에 대한 평가는 어렵다. 그는 죽으면서도 관직을 삭탈당했고, 복구되었다가 다시 삭탈당하는 등, 죽은 후에도 영욕의 부침이 계속되었다.

이처럼 그는 질곡 많은 삶을 살면서 수많은 시조와 가사를 남겼다. 특히 「성산별곡」「관동별곡」「사미인곡」「속미인곡」 등의 가사는 우리나라 가사 문학의 최고봉으로 꼽는다. 김만중은 「관동별곡」「사미인곡」「속미인곡」을 두고 "우리나라의 참된 글은 이 세 편뿐이다"라고 극찬하기도 했다.

낙엽 지는 가을 산사에서 잠을 청하려 하니 우수수 나뭇잎 떨어지는 소리가 요란하여 비가 오는 것으로 착각하고 스님더러 나가 보라고 하였더니 스님이 나갔다 와서 하는 말이 '비는커녕 달이 시내 남쪽 가지에 걸려 천지가 밝다'고 말한다. 익히 보았던 낯익은 풍경이 평이하면서도 간결한 표현에 의해 아름다운 시로 승화되었다.

한마디 덧붙이자면 이백은 「정야사靜夜思」에서 '의시疑是(地上雪)'라고 하고 송강은 '착인錯認(爲疎雨)'이라고 했는데, 시각과 청각의 차이인지는 모르겠지만 송강의 그것이 너무 강하다는 느낌을 지우기 어렵다.

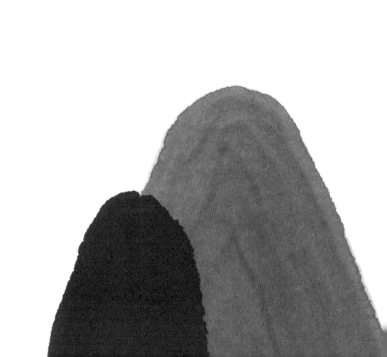

趙翼 조익

論詩 논시

少時學語苦難圓
只道功夫半未全
到老方知非力取
三分人事七分天

어려서 말을 배울 때는 힘들고 원만하기 어려워
그저 공부가 절반도 온전치 못하다고 말하곤 했네.
나이 들어 노력만으로 되지 않음을 알았으니
삼 할이 사람 몫이라면 칠 할은 하늘 몫이로다.

조익은 중국 청나라의 고증사학자이자 시인으로 자는 운송耘松, 호는 구북甌北이다.

이 시는 '운칠기삼運七技三'이란 속어를 생각나게 하지만, 뛰어난 고증사학자가 인생 마지막에 치열하게 살아온 자신의 과거를 회고하면서 한 말이어서인지 느낌이 남다르다.

조익은 어렸을 때에는 신동으로 불렸으며 평생을 독서와 저술, 교육 등에 힘썼고 시에도 뛰어나 건륭 3대가로 인정받았으나 관직에서는 진안 지부 등을 역임했을 뿐 별다른 빛을 보지 못했다.

훌륭한 고증사학자로서 원래 사료의 글자 한 자 한 자의 정확한 뜻과 탈루 여부, 전후 문맥 등을 정밀하게 검토하여 중국사의 흐름을 일목요연하게 제시하여 각 정사의 잘잘못을 제대로 밝혔다는 평가를 받는 『이십이사차기二十二史箚記』의 저자이기도 하다.

어려서 말을 배우고 글을 배울 때는 힘들었지만 참으로 열심히 노력했네. 제법 이루어졌다고 속으로는 자부했지만 그래도 반도 못 찼다고 말하곤 했네. 그러나 이제 황혼이 되어 되돌아보니 인간의 노력만으로는 한계가 있음을 절감하네. 삼 할 정도가 사람의 몫이라면 나머지 칠 할은 하늘이 도와주어야 한다고!

曹操 조조
短歌行단가행

對酒當歌　人生幾何　譬如朝露　去日苦多
慨當以慷　憂思難忘　何以解憂　唯有杜康
靑靑子衿　悠悠我心　但爲君故　沈吟至今
呦呦鹿鳴　食野之苹　我有嘉賓　鼓瑟吹笙

술을 마주하고 노래하나니, 인생이란 무엇인가?
비유컨대 아침 이슬과 같으니, 지나간 날에는 괴로움도 많았네.
슬퍼하고 탄식해도 수심은 잊기 어렵구나
무엇으로 근심을 풀까? 오직 두강주뿐이라.
파랗고 파란 그대의 옷깃, 아득하기만 한 나의 마음
다만 그대 때문에 나직이 읊조리며 오늘에 이르렀네.
사슴은 우우하며 울면서 들판의 다북쑥을 뜯는구나
나에게 반가운 손님이 있다면 거문고를 타고 생황을 불 것이네.

明明如月　何時可掇　憂從中來　不可斷絶
越陌度阡　枉用相存　契闊談讌　心念舊恩
月明星稀　烏鵲南飛　繞樹三匝　何枝可依
山不厭高　海不厭深　周公吐哺　天下歸心

밝고 밝은 저 달 같은 덕을 어느 때나 가질 수 있을까
수심이 몰려와서 쌓이니 참으로 끊어 버릴 수가 없네.
논둑과 밭둑을 누비면서 서로 헛된 삶을 살았는가
오랜만에 만나 얘기하는 자리, 마음속으로 옛정을 생각한다네.
달은 밝고 별은 드문드문한데 까막까치 남쪽으로 날아간다
나무 위를 여러 차례 맴돌아도 앉을 가지가 마땅치 않구나.
산은 높음을 마다하지 않고 바다는 깊음을 꺼리지 않으니
주공처럼 어진 선비를 환영한다면 천하의 마음이 그에게 돌아가리.

조조는 중국 후한 말기의 정치가이자 시인으로 자는 맹덕孟德이다. 그는 후한 헌제 때 승상을 지냈으며 위왕으로 봉해졌다. 아들인 조비曹조가 위나라의 황제에 오른 뒤에 무황제武皇帝로 추존되었다.

조조는 어려서부터 책을 즐겨 읽었으며 여러 분야에서 재능을 드러냈다. 『손자병법』에 주석을 붙인 『위무주손자魏武註孫子』라는 저술을 남겼으며 시부에도 뛰어나 두 아들인 조비, 조식曹植과 함께 '삼조三曹'로 불리기도 했다.

그는 자신의 근거지인 허현許縣(지금의 허난성 쉬창)을 중심으로 둔전제를 실시했으며, 제도를 정비하고 인재를 받아들여 위나라 건국의 기반을 마련했다. 원소의 근거지인 중국 북부를 통일하고 남정에도 나섰으며, 관중과 한중 지역을 공략하며 중국 통일을 시도하였으나 성공하지 못했다. 오히려 적벽대전에서 패하여 제갈량의 이름만 크게 드날리게 만들었다. 그는 의심이 많고 잔혹했으며 욕망을 달성하는 데 거침이 없어 능신能臣이지만 간웅奸雄이라는 평이 뒤따랐다.

이 시는 조조가 적벽대전 직전 장강의 수채에서 달 밝은 밤에 읊은 것이라고 한다. 빨리 흘러가는 세월과 짧은 인생을 한탄하고 현자를 갈망하며 공을 세우려는 포부를 드러내고 있다. 주변 풍경의 섬세한 묘사와 함께 친구를 그리워하고 손님을 환영하고자 하는 마음은 물론 삶의 모순에 대한 현실적 이해, 상황에 대한 냉철한 판단과 장래에 대한 포부 등이 잘 드러나 있다.

張若虛 장약허
春江花月夜 춘강화월야

春江潮水連海平　海上明月共潮生　(1연)
灩灩隨波千萬里　何處春江無月明　(2연)
江畔何人初見月　江月何年初照人　(6연)
人生代代無窮已　江月年年只相似　(7연)
不知江月待何人　但見長江送流水　(8연)
不知乘月幾人歸　落月搖情滿江樹　(18연)

봄 강은 조수를 만나 바다를 이루고
바다 위의 달빛은 밀물에 내려 더 밝다.
물결 따라 반짝반짝 천만 리
봄 강엔 어느 곳인들 밝은 달이 없으랴.
어느 누가 강가에서 처음 달을 보았을까
어느 해에 강 위의 달은 처음으로 사람을 비추었을까.
인생은 대대로 이어져 끝이 없건만
강 위의 달은 언제나 비슷한 것 같네.
강 위의 달이 누구를 기다리는지 모르겠지만
보이는 건 흐르는 물을 내려 보내는 장강뿐이네.
몇 사람이나 달빛 타고 돌아갔을까
지는 달이 마음을 흔들어 강가 숲을 채우네.

장약허는 중국 당나라 때의 시인으로 강소성 양주 사람이다. 벼슬은 연주의 병조兵曹를 지냈다.

그는 문사文詞가 뛰어났다고 하며 하지장賀志章, 장욱張旭, 포융包融과 더불어 '오중사사鳴中四士'로 불렸다. 다수의 시를 지었지만 단 두 수만이 전해진다.

이 시는 그가 남긴 두 수 중 하나로서 만고의 절창으로 평가받고 있다. 18연 36구의 장시로서 4구마다 운을 바꾸었다. 이 책에서는 지면관계상 1, 2, 6, 7, 8, 18연만 소개한다.

이 시는 꽃 피고 달 밝은 강남의 봄 강가의 웅장하고 아름다운 풍경을 배경으로 하여 달이 떠서 기우는 과정을 따라 집 떠난 남편이 그리워 잠 못 드는 아내와 집을 떠나 나그네로 떠도는 남편의 심사를 자연의 섭리와 인간의 정회에 묶어 한 폭의 병풍처럼 파노라마로 그려 내고 있다.

먼저 휘영청하게 밝은 달과 봄 강, 그리고 달빛에 비친 꽃과 파도를 그리고 있다. 워낙 달빛이 밝고 포근하여 서리가 내린 줄도 모르고 하얀 모래 또한 분별이 어렵다. 이런 달을 누가 처음 보았을까! 누구에게 처음 비추었을까. 인생은 대대로 이어져 끝이 없건만 강에 비친 달은 언제나 그대로네. 달이 누구를 기다리는 것일까. 보이는 건 쉼 없이 흘려 보내는 장강뿐이네. 이렇게 황홀하게, 아름답게 가슴 설레는 이 밤에 내 임은 무엇을 하고 있을까. 어디에서라도 나를 그리워라도 하고 있을까.

발을 내려도 달은 가지 않고 설레는 나를 비추네. 지금쯤 우리 모두 저 달을 보고 있겠지만 서로 소식을 전할 길이 없으니……. 기러기도, 뛰어오르는 물고기도 어찌할 수 없으니 달에 부탁할 수밖에. 꽃도 지고 봄도 가려 하는데 고향은 여전히 아득하구나. 이제 달이 거의 지는데도 나는 아직 돌아가지 못하고 있네. 이렇게 환상적인 봄 강의 꽃 피고 달 밝은 밤에 몇 사람이나 달빛을 밟으며 고향으로 돌아갔을까!

꽃이 지천으로 피고 달빛이 교교한 봄 강의 경치와 나그네의 심사로 대변한 인간의 정회를 예술로 승화시킨 절창으로 음조마저 뛰어나 당시부터 노래로 널리 불려졌으며, '이 시 한 편으로 당 전체를 뒤덮었다孤篇蓋全唐'라는 평을 들었다.

참고로 이 시의 배경이 된 양주揚州에 대해서 살펴보자. 양주는 중국의 대표적인 예향으로서 '꽃 피는 삼월에는 양주로 가겠네煙花三月下揚州'라는 이백의 시구처럼 소항蘇杭(소주와 항주)과 더불어 그 아름답다는 중국 강남의 봄경치가 가장 빼어난 곳 중 하나이다.

경치가 아름답고 물산이 풍부하여 일찍부터 역사에 이름을 드러낸 양주는 운하가 지나가면서 더욱 번성하게 되어 호화로운 저택과 정원, 불교와 도교의 사원이 즐비하고, 많은 학자들과 예술가들이 태어나거나 둥지를 틀어 수많은 명작의 무대가 되었다. 맹호연, 이백, 백거이, 유우석, 두목, 구양수, 소식, 조설근, 석도, 정판교를 비롯한 양주팔괴, 심지어 마르코 폴로에 이르기까지…….

당·송 이래 이름을 떨친 시인 묵객치고 양주를 스치지 않은 사람이 없을 정도인데다가 '허리가 가늘고도 가늘어 손바닥 위에 올려놓아도 오히려 가볍네楚腰纖細掌中輕'(두목의 「견회遣懷」 중에서)에서 말하는 그런 아가씨가 많은 곳이 바로 양주이니, 더 이상 풍류를 말하여 무엇하리오.

그러나 이렇게 멋진 곳도 슬픈 역사를 간직하고 있으니, 청나라가 밀고 내려와 대륙을 점령할 때 완강하게 저항하다가 큰 희생이 있었고, 태평천국의 난을 일으킨 홍수전이 이곳에 주둔함으로써 증국번에 의해 탈환될 때 또다시 큰 희생이 있었으며, 심지어 중·일전쟁 때도 일본군에 의해 큰 살육이 자행된 곳이다. 핏빛이 진해야 예술도 제대로 승화되는 것인지, 안타까운 감회를 감추기 어렵다.

이 시는 멋지다. 특히 우리말 번역보다 한문 그대로가 그렇다. 아무리 번역을 잘해도 그 심회를 반이라도 전달할 수 있을지 모르겠다. 한마디 더 덧붙인다면, 이 시는 이백만큼 부풀리지도 않았고, 두보만큼 시름겹지도 않으며, 두목만큼 넘치지도 않았고, 백거이만큼 들뜨지도 않았다. 더 이상 무슨 말을 하겠는가. 봄 강에 달빛이 밝다.

諸葛亮 제갈량

出師表출사표

臣亮言 先帝創業未半 而中道崩 今天下三分 益州罷 此誠危急
存亡之秋也 然侍衛之臣 不懈於內 忠志之士 忘身於外者, 蓋追
先帝之殊遇 欲報之於陛下也 誠宜開張聖聽 以光先帝遺德, 恢
弘志士之氣 不宜妄自菲薄 引喩失義 以塞忠諫之路也, 宮中府
中 俱爲一體 陟罰臧否 不宜異同 若有作奸犯科及 爲忠善者 宜
付有司 論基刑賞 以昭陛下平明之理 不宜偏私 使內外異法也

신 량亮이 아뢰옵니다. 선제께서 창업의 뜻을 반도 이루기 전에 돌
아가시고 지금 천하는 셋으로 나뉘었는데 익주는 피폐하니 이는 실
로 흥하느냐 망하느냐가 걸린 위급한 때입니다. 그러나 모시는 신
하들이 안에서 게으르지 않고 충성스러운 무사들이 밖에서 스스로
의 몸을 잊음은 모두가 선제의 남다른 처우를 추모하여 이를 폐하
에게 갚고자 함입니다. 마땅히 폐하의 귀를 넓게 여시어, 선제가 남
긴 덕을 더욱 빛나게 하시며 뜻 있는 선비의 의기를 더욱 넓히고 키
우시되 결코 스스로 망령되어 덕이 없다 여겨 옳지 않은 비유로 의
를 잃어 충간이 들어오는 길을 막아서는 안 됩니다.
궁중과 조정은 일체이니 선을 올리고 악을 벌함이 달리 해서는 안
될 것이요, 만일 간사한 짓을 하여 죄과를 범한 자와 충성되고 선량
한 일을 한 자가 있으면 마땅히 담당자에게 넘겨 그 형벌과 상을 논
하여 폐하의 공정하고 밝은 다스림을 밝혀야 할 것이요, 사사로이
한쪽으로 치우쳐 안팎이 서로 법을 달리해서는 안 됩니다.

중국 삼국시대 촉한의 정치가인 제갈량의 전前 출사표의 일부이다.

그는 유비의 유언을 받들기 위하여 애쓰다가 군사를 이끌고 위나라를 치기 위해 떠나던 날 유선劉禪에게 나아가 눈물을 흘리면서 이 출사표를 올렸다. 구구절절 충언忠言으로 가득 찼다고 하여 제갈량을 충신의 표상으로 만든 글이다.

제갈량은 어려서 부모를 잃고 숙부 손에서 자랐으며 스스로 탁마하여 일찍부터 와룡 선생으로 이름을 날렸다. 유비로부터 삼고초려의 예로 초빙되어 천하삼분지계天下三分之計를 진언했다. 오나라의 손권을 설득하여 적벽에서 조조의 군사를 물리쳤고 성도를 평정한 후에는 군사軍師가, 유비가 황제가 된 뒤에는 승상이 되었다.

유비가 죽음을 앞두고 자신이 이루지 못한 대업을 이루도록 그에게 당부했다. 특히 아들 유선을 보좌하되 무능하면 몰아내고 황제의 자리에 올라도 좋다고 유언했지만 끝까지 유선을 보필했다. 그의 생애 내내 생산을 장려하는 등 내치를 꾀하면서 중원을 도모하다가 성공하지 못하고 오장원에서 병이 들어 죽었다. 시호는 '충무후'이다.

그는 사심이 없고, 일처리가 공정하며, 뛰어난 판단 능력과 예지력, 성실하고 강한 책임감, 그리고 충성스럽고 빛나는 업적 등으로 일찍부터 견줄 만한 인물이 없다는 평가를 받았으며 특히 당 태종의 평가와 뒤이은 『삼국지연의』에서의 기술은 그를 거의 신神의 경지로 올려놓았다. 송나라에 들어오면서 미묘한 변화를 보였지만 시대를 막론하고 워낙 많은 사람이 따르고 흠모하여 객관적인 평가가 무의미할 정도이다. 근대에 와서는 당시의 상황을 반영한 객관적이고 분석적인 시각에 의한 평가가 대세이다.

그에 대한 평가가 어떻든 천하삼분책은 민초들에게는 장기간 감내하기 어려운 고통이었고, 중국 역사의 진행 방향과 일치했는지도 의문이다. 그 또한 천하삼분책으로 자신을 천하에 드러냈지만, 그것이 되레 그를 거두어 갔다. 그럼에도 그는 충성스럽고, 진인사盡人事했으며, 공평무사했다는 점에서 제2인자의 전형으로 평가할 수 있을 것이다.

艸衣 意恂 ^{초의 의순}

艸衣 意恂 초의 의순
歸故鄉귀고향

遠別鄉關四十秋
歸來不覺雪盈頭
新基艸沒家安在
古墓苔荒履跡愁
心死恨從何處起
血乾淚亦不能流
孤節更欲隨雲去
已矣人生愧首邱

멀리 고향을 떠나온 지 사십 년
돌아와 보니 어느새 머리에 백발이 가득하네.
잡초에 묻힌 땅 어디에 집이 있었던가?
오래된 무덤에 이끼가 덮여 걷기도 쉽지 않네.
마음이 죽었는데 한이 어디에서 일어날 것인가
피가 말라 눈물 또한 흐르지 못하네.
지팡이 하나로 다시 구름 따라 떠나려 하니
사람이 살면서 고향 찾은 것 부끄럽기 그지없구나.

초의 선사는 조선 후기의 승려로 16세에 출가하여 수행 중 19세에 떠오르던 달을 보다가 홀연히 마음길이 열렸다. 그 후 여러 선지식을 순례하며 불교 삼장을 익혔다. 20대 중반에는 다산 정약용을 만나 유학과 시를 배워 유학자들과도 깊이 교유했다. 유학과 불교, 더 나아가 예술에도 나름대로 경지를 얻어 다른 이념과의 소통을 주도하며 대립과 분열을 극복하고, 경직된 문화적 현실을 타파하고 종합성과 다양성을 확보하는 성과를 거두었다는 평을 받았다.

특히 초의 선사는 조선 차의 중흥기를 이끈 인물로 유명하다. 차와 선이 한가지라는 다선일미茶禪一味 사상을 바탕으로 다도의 이론을 정리하고 차를 만들어 널리 알렸다. 또한 차 관련 서적인 『동다송東茶頌』과 『다신전茶神傳』 등을 펴냈고, 다산 정약용, 추사 김정희와 같은 석학, 예인들과 교류하며 쇠퇴해 가는 차 문화의 중흥을 위해 노력했다.

이 시는 스님이 출가한 지 40년 만에 찾아가 본 고향 전남 무안에 대한 소회이다. 뛰어난 선승의 시이지만 대단히 어둡다. 당시 상황이 그랬겠지만 그래도 쉽게 이해가 가지 않는다. 영고성쇠가 사바의 본래 모습인데 왜 이렇게 정을 놓지 못했을까. 완전히 폐허가 되어 버린 고향을 바라보는 노승의 지극히 비통한 감회에 후학의 심경마저 참으로 착잡하다.

"절벽을 비추는 달만 있을 뿐 더 이상 나뭇잎을 날리는 바람은 없구나只有照壁月 更無吹葉風**."**

崔慶昌 최경창

高峯山齋 고봉산재

古郡無城郭
山齋有樹林
蕭條人吏散
隔水擣寒砧

옛 고을이라 성곽은 없고
산집이라 나무숲만 있네.
쓸쓸히 사람과 관리 흩어진 뒤
물 건너엔 겨울옷을 다듬이질하네.

최경창은 조선시대의 시인으로 자는 가운嘉雲, 호는 고죽孤竹이다. 과거 급제 후 사간원 정언, 대동도찰방, 종성부사 등을 지냈다.

인품과 학문이 뛰어나고, 시를 특히 잘하여 백광훈, 이달과 함께 삼당 시인三唐詩人으로 불렸다. 청백리에 녹선되었다. 기생 출신 홍랑과의 정화 情話가 유명하며, 통소를 잘 불어 왜구들을 향수에 젖게 하여 물리쳤다는 일화도 있다.

이 시는 고봉高峯의 산속 집에서 지은 것이다. 오래된 마을이라 성곽 은 이미 허물어져 보이지 않고, 나무숲만 둘러싸고 있다. 거리에는 이미 사람 자취 끊어져 쓸쓸한데 물 건너에선 겨울옷 준비하는 다듬잇돌 소리 가 들려온다.

당시唐詩의 분위기가 물씬 풍기는 시라는 평가를 들을 만하다.

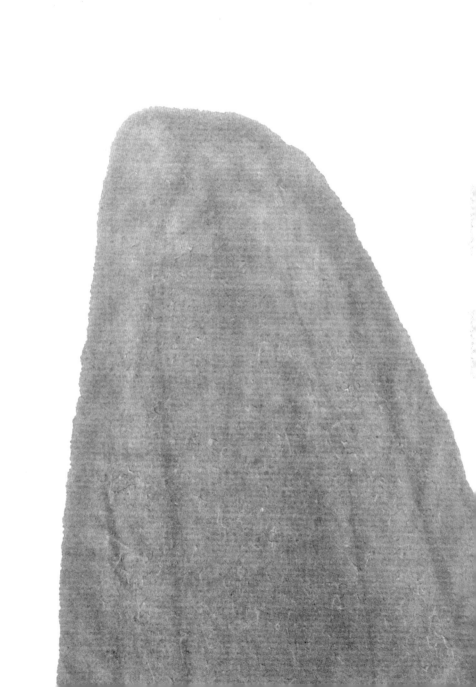

崔顥 _{최호}

黃鶴樓황학루

昔人已乘黃鶴去
此地空餘黃鶴樓
黃鶴一去不復返
白雲千載空悠悠
晴川歷歷漢陽樹
芳草萋萋鸚鵡洲
日暮鄕關何處是
煙波江上使人愁

옛날 한 신선이 황학을 타고 가버린 뒤
이 땅에는 동그라니 황학루만 남았네.
황학은 한 번 간 뒤 돌아올 줄 모르고
흰 구름만 천 년을 가도 둥실둥실 떠도네.
맑게 갠 냇가엔 한양의 숲이 뚜렷하고
꽃다운 풀들은 앵무주를 뒤덮었네.
해는 지고 있는데 고향 땅은 어디인가
안개 자욱한 강 위에서 시름에 잠기네.

최호는 당나라 때의 시인으로 현종 때 진사가 되어 태복시승과 사훈원외랑 등을 역임했다. 방랑벽이 있어 전국을 떠돌면서 술과 도박과 여색을 탐닉하면서 시를 잘 짓고 풍류를 즐겨 많은 자취를 남겼다고 한다.

이 시는 황학루를 읊은 것으로는 최고의 작품으로 평가된다. 누정樓亭이 많은 중국에서 황학루는 등왕각, 악양루와 함께 삼대 명루로 꼽히는데, 그 가운데서 가장 먼저, 가장 높게 지어졌다고 한다. 삼국시대 오나라 손권이 군사용으로 창건한 황학루는 여러 차례 증·개축을 거쳐 오늘날에 이르렀으며, 주周나라 영왕靈王의 태자 진晉이 신선이 되어 학을 타고 하늘로 올라갔다는 전설 이래 시인 묵객들의 발길이 끊이지 않아 황학루를 읊은 작품만도 수천 편을 헤아린다고 한다.

그중에서 최고로 치는 것이 최호의 이 시이다. 송나라 때의 엄우는 최호의 이 시가 당나라 때의 칠언율시 가운데 제일이라고 평했으며, 심덕잠 역시 비슷한 평을 했다. 이백은 황학루에 올라 시를 지으려다가 최호의 시를 보고는 "눈앞에 경치 있어도 말할 수 없으니 최호가 지은 시가 위에 있기 때문이다眼前存景道不得 崔顥題詩在上頭"라고 하면서 붓을 던져 버렸다는 일화가 전해지고 있다.

황학루에 대한 뛰어난 묘사는 워낙 다양한데 굳이 꼽자면 "강물이 넓어 하늘이 따로 없고 한들한들 배가 가면 신선처럼 아득해라水廣不分天 舟移渺若仙"(송지문), "강동 호북의 산수 그림 펼치면 악주 남루의 풍광 천하제일이라江東湖北行畫圖 鄂州南樓天下無"(황정견)를 들고 싶다. 더 이상 무엇을 보태겠는가!

河崙 _{하륜}

題廣州淸風樓제광주청풍루

少年曾此一看花
老大今來感慨加
歲月不留人換盡
眼前風物尙繁華

젊어 여기서 꽃구경 한 번 했었는데
늙어서 지금 다시 오니 감개가 무량하구나.
세월은 머물지 않아 사람은 다 바뀌었는데
눈앞에 펼쳐진 풍물은 오히려 번화하네.

하륜은 고려 말기에서 조선 초기의 문신으로 자는 대림大臨, 호는 호정浩亭이다.

이인복, 이색 등에게 글을 배웠으며 문과에 급제하여 벼슬에 나아갔다. 정몽주, 권근 등과 신진사대부를 형성하였으며 역성혁명에 반대하여 벼슬에서 물러났다가 곧 이성계의 조선 건국에 참여했다. 한양 천도를 주장하였고, 여러 차례 명나라에 가서 표전 문제 등 왕조 교체기의 껄끄러운 외교 문제들을 해결했다. 제1, 2차 왕자의 난 때 이방원을 도와 공을 세우고 태종의 장자방이 되어 개혁을 이끌었다. 벼슬은 영의정부사에 이르렀으며 왕명으로 이성계 선조의 능침을 둘러보고 돌아오던 중 객사했다.

하륜은 경사자집(중국의 옛 서적 가운데 경서經書·사서史書·제자諸子·문집文集을 아울러 이르는 말)에 통달하고 천문 지리와 의술, 음양에도 밝아 세상을 보는 눈이 있었으며 담대한 성격에 추진력이 있었다. 이방원의 관상을 보고 그의 사람이 되어 조선 건국의 토대를 세우는 데 기여하였지만, 욕심이 많고 변통에 능하다는 부정적인 평가도 있다. 태종으로부터는 한결같이 극진한 보살핌을 받았지만, 청렴성에 의심을 받아 그의 큰 공적에도 불구하고 후인으로부터는 공에 상응하는 평가를 받지 못했다.

세종도 "하륜은 학문이 해박하고 정사에도 재주가 있어 재상으로서의 체모는 있지만 청렴결백하지 못했다. 내 생각으로는 보전하기 어려울 것인데도 태종께서는 능히 보전하시었다"(『세종실록』 세종 20년 12월 7일)라고 평했다.

젊을 때 꽃구경 한 번 하고는 세상사에 바빠 잊고 지내다가 이제 늙어 다시 이곳에 와 보니, 세월은 흘러 이미 그때 놀던 사람들은 모두 떠났지만 주변 환경은 더 화려하게 변했네. 자신이 태종을 보좌하여 정치를 잘하여 나라가 더 번성하고 있다고 자찬하고 있는 느낌을 주는 시이다. 그러나 시인이 말하고자 한 뜻은 그것보다는 인간 사회는 노력하면 앞으로 나아간다는 것을 이야기하고 싶었던 것이 아닌가 한다.

慧超 혜초
旅愁 여수

月夜瞻鄉路
浮雲颯颯歸
緘書參去便
風急不聽迴
我國天崖北
他邦地角西
日南無有鴈
誰爲向林飛

달 밝은 밤 고향길 바라보니
듬성듬성 뜬구름만 돌아가네
그 편에 편지 봉해 부치려 하나
빠른 바람 길은 돌아오지 않으려 하는구나.
우리나라는 하늘 끝 북쪽이고
남의 나라는 땅의 끝 서쪽인데
해받이 남방에는 기러기가 없거니
누가 나를 위해 계림으로 전해 주리.

혜초 스님은 통일신라시대의 승려로, 어릴 때 출가하여 젊어서 당나라로 가 금강지 삼장金剛智 三藏 스님을 사숙했다.

일찍이 해로로 남양을 거쳐 인도에 이르러 부처님의 유적지를 두루 참배했으며 돌아올 때는 육로로 파미르 고원을 넘어 당나라 수도 장안으로 왔다.

10년 동안 여행에서 보고 들은 것을 기록하여 『왕오천축국전往五天竺國傳』 3권을 지었으나 이름만 알려져 있었는데 1910년 프랑스의 학자 펠리오가 돈황의 천불동 석굴에서 책 한 권을 찾아 그 대강을 알게 되었고 이는 현재 파리 국립 박물관에 보관되어 있다.

법현法顯의 『불국기佛國記』는 육지로 갔다가 바다로 돌아온 것이고, 의정義淨의 『남해기법전南海寄法傳』은 바다로 갔다가 바다로 돌아온 것임에 비하여 『왕오천축국전』은 바다로 갔다가 육지로 돌아온 것이 남다르다.

이 시는 인도의 동천축에서 중천축을 거쳐 남천축으로 가는 도중 그 여수旅愁를 읊은 것으로 고향에 대한 절절한 마음이 눈앞의 현실처럼 눈에 선하다. 이렇게 절절한 수구초심을 가졌음에도 불구하고 이 사내는 끝내 고향을 밟지 못했다. 왜 그랬을까. 본래 달이나 구름은 무심하여 그의 고향 그리는 마음을 전할 수도 없는데 그는 그것을 몰랐던 것인가. 아니면 일념一念이 만리풍광萬里風光이니 이미 고향에 다녀간 것인지.

翠微 守初 취미 수초
山居산거

山非招我住
我亦不知山
山我相忘處
方爲別有閑

산은 나를 부르지 않고
나 또한 산을 모른다.
서로 잊은 곳
바야흐로 세상 밖의 한가로움 있네.

수초 스님은 사육신의 한 사람인 성삼문의 후예로 서울 명문가에서 태어났으나 어려서 부모를 여의고 일찍이 출가했다. 이후 당대의 고승 부휴 선사로부터 계를 받았다. 스님은 여러 곳의 고승들을 역방하고 이름 있는 유학자들과 교유하여 유학에도 조예가 깊었다. 그는 선교일치라는 한국불교의 전통을 계승하면서도 정토왕생淨土往生과 타력 신앙을 주장하여 후대로부터 주목을 받기도 했으며, 유학에 대한 식견 역시 당대의 대학자인 김육, 이식 등으로부터 높이 존중되었다.

이 시는 산에서의 한가함을 읊은 것이다. 산에 산다고 하여 산이 나를 부른 것도 아니고 산이 좋아 내가 찾아간 것도 아니다.

산이 좋아서 찾았다고 하면 이미 산에 매인 것이다. 나도 잊고 산도 잊으니 비로소 별다른 한가로움이 있다.

고기가 물에 있으면서 서로 잊는 것같이 사람도 도에 있어 서로 잊는다는 자공에 대한 공자의 말이 생각나는 시이다.

"산은 산이고 물은 물이며, 중은 중이고 속은 속이다山是山 水是水 僧是僧 俗是俗."

范仲淹 범중엄

岳陽樓記악양루기

嗟夫! 予嘗求古仁人之心 或異二者之爲 何哉? 不以物喜 不
以己悲 居廟堂之高 則憂其民 處江湖之遠 則憂其君 是進亦憂
退亦憂 然則何時而樂耶? 其必曰「先天下之憂而憂 後天下之
樂而樂歟!」噫! 微斯人 吾誰與歸!

아아! 내가 일찍이 옛 어진 사람들의 마음을 살펴보았는데, 앞의 두
가지 예와는 다른 듯하니 무엇 때문일까? 그들은 바깥 사물 때문에
기뻐하지 아니하며, 자기 일로 슬퍼하지 아니하기 때문이다. 조정
의 높은 벼슬에 있을 때는 그 백성을 걱정하고 강호에 멀리 나가 있
을 때는 그 군주를 걱정했다. 이는 나아가서도 걱정하고 물러나서
도 걱정하는 것이니 그러한즉 어느 때에나 즐거울 수 있겠는가? 틀
림없이 '천하의 근심은 누구보다도 먼저 근심하고, 천하의 즐거움
은 모든 사람들이 즐긴 뒤에 즐긴다' 이 말 아니겠는가! 아아! 이런
사람들이 없었다면 나는 누구를 본받고 의지하며 살아갈 것인가?

중국 송나라 범중엄의 「악양루기」의 일부이다.

그는 정치가이자 문학가로 깊은 생각과 끊임없는 공부, 그리고 욕망의 절제를 통하여 멀리 헤아릴 수 있는 지략을 갖추었고, 풍부한 경험과 창의적인 발상 위에서 직언과 간언, 실천적인 전략을 통해 개혁 정치를 실현한 명신으로서 왕안석이 개혁 정치를 실현하는 토대가 되었다. 늘 관직에 중용되었지만 권력에 아부하지 않았고, 원칙을 지키되 인정을 헤아렸으며, 막히지 않았다. 귀양을 세 번이나 갔지만 '문정文正'을 시호로 받았으니 사후의 평가도 박하지 않았다.

「악양루기」는 악양루를 중수한 태수 등자경藤子京의 요청으로 지은 것이다. 먼저 악양루 주변에 펼쳐진 동정호와 장강의 절경을 읊고, 이어 경륜을 제대로 펼치지 못하는 안타까움을 우국충정 속에 비장하게 그려 낸다. 특히 외물에 기뻐하지 않고, 자기 일로 근심하지 않으며, 어디에 처하든 자나 깨나 군주(나라)를 걱정하되 천하에 앞서 근심하고 천하가 즐거워한 후에 기뻐하겠다는 것은 공직자의 행동 요체이자 만고의 명문이라 할 것이다.

大學 대학

大学之道 在明明德 在親(新)民 在止於至善 知止而后有定 定
而后能靜 靜而后能安 安而后能慮 慮而后能得 物有本末 事有
終始 知所先後 則近道矣

대학의 도는 명덕明德을 밝히는 데 있으며, 백성을 친애하는 데(새
롭게 하는 데) 있으며, 지선至善에 머무름에 있다. 머무를 데를 안 뒤
에야 정함이 있고, 정한 뒤에야 동요되지 않을 수 있으며, 동요되
지 않은 뒤에야 안정될 수 있고, 안정된 뒤에야 생각할 수 있으며,
생각한 뒤에야 얻을 수 있다. 물物에는 근본적인 것과 말단末端적인
것, 사事에는 마침과 비롯함이 있나니, 먼저 하고 나중에 할 바를 알
면 도에 가까워지리라.

『대학』의 일부분이다.

　『대학』은 원래 『소대예기』, 즉 『예기』에 열록列錄되어 있던 일부분을 이정二程의 연구를 거쳐 주희가 『대학장구大學章句』로 엮음으로써 『논어』 등과 함께 사서四書의 하나가 되었다. 주희는 『대학』이 증자曾子에게서 나왔다고 했으나 『중용』과 함께 자사子思가 지었다는 설도 있는데, 오히려 작자 미상이 통설이다.

　『대학』은 옛날 대학에서 사람을 가르치던 법을 다룬 것으로(주희), 대인大人, 즉 온전한 덕성을 지니고 백성을 바르게 할 수 있는 자리에 나아갈 수 있는 자질을 갖춘 사람의 학이라고 하여 유교사상의 철학적 기틀을 마련한 책으로서, 성리학에서 특히 중시하면서 그 바탕이 되었다. 우리나라에서도 성리학을 기본 이념으로 삼은 조선시대에는 치자治者의 학으로서 크게 존중되었으며 사람을 가르는 준거가 되기도 했다.('친(신)민'은 정이程頤가 '친'이 아닌 '신'으로 보아야 한다고 주장한 이래 주희도 여기에 따르고 있으나 그 이전 본본이나 그 후의 왕양명王陽明은 '친'으로 보고 있다.)

　『대학』은 인간 사회의 근본 문제 중 하나가 지도자의 이중잣대에 있다고 보고 있다는 설도 있다. 자신은 무슨 잘못을 저질러도 항상 명분이나 이유를 내세워 은폐하거나 다른 정책 등으로 호도하면서 백성들에 대하여는 엄격하고 가혹하게 법을 적용해야 정의가 실현된다고 생각하기 때문이라는 것이다.

　또한 재화를 지나치게 천시하거나, 특히 '국가의 우두머리가 되어 재화의 사용을 맡은 자는 필히 소인으로부터 시작된다長國家而 務財用者 必自小人矣'라는 내용에 따른 가르침은 성리학의 절대적 영향하에 있던 우리나라나 중국 등에서 자본주의가 싹을 틔우는 것을 어렵게 만들었을 뿐만 아니라 부의 합리적 분배 등도 소홀하게 만들어 결과적으로 근대 국가로의 발전을 더디게 했다는 비난을 받을 여지가 있다고 본다.

中庸 _{중용}

天命之謂性 率性之謂道 修道之謂教 道也者 不可須臾離也 可
離非道也 是故 君子 戒愼乎其所不睹 恐懼乎其所不聞 莫見乎
隱 莫見乎微 故 君子 愼其獨也

하늘이 명한 것이 성性이요, 성에 따르는 것이 도道요, 도를 마름하
는 것이 교教이다. 도는 잠시도 떠날 수 없으니 떠날 수 있으면 도
가 아니다. 그러므로 군자는 그 보이지 않고 들리지 않는 곳을 삼가
고 두려워하느니, 어둡고 깊은隱 곳보다 더 드러나는 곳은 없고, 미
세한 일보다 더 뚜렷해지는 일은 없다. 때문에 군자는 그 깊고 은밀
한 곳을 삼간다.

『중용』의 일부분이다.

『중용』은 원래 『소대예기』, 즉 『예기』에 열록되어 있던 일부분이 중국 한대에 떨어져 나왔으며, 송나라 때 이정의 연구와 주희의 『중용장구中庸章句』등의 저술을 통해 공문孔門이 전수한 심법으로서 사서의 하나로 자리매김되었다. 『중용』의 저자는 오랫동안 자사로 알려졌으나 청의 고증학자들의 연구에 의해 무명씨로 보았다가 근래에는 다시 자사와 그 문도에 의해 완성된 것으로 보고 있다.

『중용』은 불교의 융성에 따른 유교의 자기반성과 불교의 심성론이나 도교의 형이상학적 이론에 대항하기 위하여 유교사상 자체 내에서도 깊은 철학적 원리가 뒷받침되어 있다는 것을 보여 주어야만 할 시대적 요청에 따라 유교의 철학적 배경을 간명하고 심도 있게 밝히는 책으로 특별히 채택된 것이다. 『중용』은 성선설과 천인합일天人合一 사상을 바탕으로 하늘天과 사람人, 중용, 도, 성誠, 성聖에 대하여 그 내용과 관련 의미를 설명하고 체계를 세워 성리학 체계의 기틀이 되었다는 평가를 받고 있다.

위 인용 부분은 『중용』의 핵심 내용으로서 굳이 해설하자면 다음과 같이 설명할 수 있을 것이다.

인간이 생래적으로 가지고 있는 본연의 바탕이 성性이요, 이 성을 따르는 것이 도道이며, 이 도를 이루도록 노력하는 것이 교教이다. 그러나 도는 인간이 인간의 자연 상태를 떠나지 않는 한 늘 있으며 잠시라도 없는 상태에 이르면 도는 없는 것이다. 그러므로 군자는 철저한 자기성찰과 수양을 통하여 늘 이러한 도가 확고한 자기 주체가 되도록 해야 하니 아직 외부로 나타나지 않은 지극히 작은 조짐부터 드러나고 뚜렷해지기 전에 제대로 살펴 도심이 드러나도록 해야 한다. 그래서 군자는 자기 내면의 나타나기 이전의 지극히 작은 조짐부터 삼가고 두려워하여 인간의 주체를 회복해 가야 한다.

雪嶽 霧山 설악 무산
허수아비

새 떼가 날아가도 손 흔들어 주고
사람이 지나가도 손 흔들어 주고
남의 논일을 하면서 웃고 있는 허수아비

풍년이 드는 해나 흉년이 드는 해나
-논두렁 밟고 서면-
내 것이거나 남의 것이거나
-가을 들 바라보면-
가진 것 하나 없어도 나도 웃는 허수아비

사람들은 날더러 허수아비라 말하지만
저 멀리 바라보고 두 팔 쫙 벌리면
모든 것 하늘까지도 한 발 안에 다 들어오는 것을

설악 무산 조오현 스님께서 필자에게 이 시에 대한 느낌을 말하라고 하여 아래와 같이 적었다.

'글이란 배움에서 시작하되 뛰어넘어야 이루어지는 것이고, 시란 글로써 나아가되 벗어나야 제대로 되었다고 할 수 있을 것이다. 허수아비를 그리려다 자기 마음을 드러내었다면 노욕이 지나친 것이고, 드러내지 못했다면 헤어나지 못한 것이다. 글 없는 시는 사바를 이해시키기가 어렵고, 글 있는 시는 시비를 벗어나기가 어려우니 이 또한 평화가 아니다. 노파심절이 지나쳐 저렇듯 자상하게 부연하고 있으니 삼척동자라도 허수아비가 아님은 알 것이다. 이 시를 듣고 설악의 바위가 고개를 끄덕이고 동해의 파도가 노래를 부른다면 눈 밝은 이를 다시 찾을 필요가 있겠는가. 참으로 여시아문如是我聞이로다.'

山不厭高

海不厭深

周公吐哺

天下歸心

산은 높음을 마다하지 않고
바다는 깊음을 꺼리지 않으니,
주공처럼 어진 선비를 환영한다면
천하의 마음이 그에게 돌아가리.

흘반난, 밥 먹기 어렵다

吃飯難

2016년 5월 14일 초판 1쇄 발행
2016년 6월 24일 초판 2쇄 발행

지은이 김진태 • 그림 성륜 스님
발행인 박상근(至弘) • 편집인 류지호 • 편집 김선경, 양동민, 이기선, 양민호
디자인 쿠담디자인 • 제작 김명환 • 홍보마케팅 허성국, 김대현, 박종욱 • 관리 윤애경

펴낸 곳 불광출판사 03150 서울시 종로구 우정국로 45-13, 3층
　　　　대표전화 02) 420-3200 편집부 02) 420-3300 팩시밀리 02) 420-3400

출판등록 1979. 10. 10.(제300-2009-130호)
ISBN 978-89-7479-315-9 (03810)

이 도서의 국립중앙도서관 출판예정 도서목록(CIP)은
서지정보유통지원시스템 홈페이지(http://seoji.nl.go.kr)와
국가자료공동목록시스템(http://www.nl.go.kr/kolisnet)에서 이용하실 수 있습니다.
(CIP제어번호: CIP2016011063)

책값은 뒤표지에 있습니다.
잘못된 책은 구입하신 서점에서 바꾸어 드립니다.
독자의 의견을 기다립니다. www.bulkwang.co.kr
불광출판사는 (주)불광미디어의 단행본 브랜드입니다.

.